토요일에 읽는
한국 단편 소설
1

2015년 4월 6일 제1판 제1쇄 인쇄
2015년 4월 13일 제1판 제1쇄 발행

엮어쓴이   조재도
펴낸이   강봉구

마케팅   윤태성
디자인   비단길
인쇄제본   (주)아이엠피

펴낸곳   작은숲출판사
등록번호   제406-2013-000081호
주소   413-170 경기도 파주시 신촌로 21-30(신촌동)
서울사무소   100-250 서울시 중구 퇴계로 32길 34
전화   070-4067-8560
팩스   0505-499-8560
홈페이지   http://cafe.daum.net/littlef 2010
페이스북   http://www.facebook.com/littlef 2010
이메일   littlef 2010@daum.net

©조재도

ISBN 978-89-97581-50-4   44800
ISBN 978-89-97581-49-8   44800(세트)
값 10,000원

반딧불
이문고

열공 학생들을 위한 읽기 학습 교양서

토요일에 읽는 한국 단편 소설 1

조재도 엮어 씀

작은숲

1

이 책은 지난 2010년에 나온 『조재도 선생님의 살아 있는 문학교실』 개정판입니다. 개정판을 내게 된 까닭은 출판사가 바뀌었고, 또 처음 한 권에 열 세 작품이 실려 있어 학생들이 읽기에 너무 두껍다는 지적이 있어서입니다. 따라서 책의 제목도 『토요일에 읽는 한국단편소설』로 바꾸고, 각 권에 다섯 작품씩 네 권에 나누어 실었습니다.

나는 학생들이 현진건이나 이효석 같은 사람 정도는 알았으면 하는 마음에서, 그도 아니면 「운수 좋은 날」이나 「메밀꽃 필 무렵」 같은 소설 제목만이라도 알았으면 하는 마음에서 이 책을 내기로 하였습니다. 이 책은 초등학교 고학년 이상이면 누구나 읽어도 좋을 것입니다.

2

나는 이 책을 내면서 다음 두 가지를 염두에 두었습니다.

하나는 한국 단편소설을 학생들이 흥미 있게 접하고 읽기 편하도록

머리말

했습니다. 작품마다 감상 포인트와 핵심정리, 등장인물 소개를 제시한 것도 그런 이유에서였습니다. 또 낱말 뜻과 필요한 부분에 대한 설명을 마치 수업 시간에 선생님에게 설명을 듣는 것처럼 한 것도 그런 이유에서였습니다.

다른 하나는 과거에 씌어진 작품에 대해 현재적 의미를 부여하려고 하였습니다. 이는 주로 작품을 읽고 난 후 하게 되는 '독후 활동'을 통해 이루어지는데, 주옥같은 문학 작품들이 '지금 오늘'을 사는 우리들에게 어떤 의미로 다가올 수 있는가를 생각해 보자는 것입니다. 이 말은 거꾸로 왜 우리는 '옛날'에 씌어진 작품을 찾아 읽어야 하는가, 하는 물음에 대한 답이 되기도 할 것입니다.

3

청소년기는 신체와 두뇌와 감성이 급격히 발달하면서 '나는 누구인 가?'(자아정체성) '어떻게 살 것인가?'를 고민하게 되는 시기입니다. 이러한 때에 올바른 자아를 형성하고 행복한 삶으로 이끄는 활동으로

‘독서’가 중시되고 있습니다. 특히 한국 단편소설을 읽는 것은 작품 속에 녹아 있는 우리 민족의 생활 정서를 직접 체험해 보고, 소설 속 다양한 인물들의 삶을 통해 자기 삶의 방향을 모색해 보는 일이 될 것입니다.

나는 이 책이 국어 공부를 하는 학생들에게 읽기 학습자료로 활용되었으면 좋겠습니다. 큰 부담 없이 읽기만 해도 공부가 되는 책으로 만들고 싶었기 때문입니다. 또 학습에 도움이 되는 배경지식을 넓힐 수 있을 뿐만 아니라, 문학적 교양을 쌓는 데도 도움이 되었으면 합니다.

2015년 3월

조재도

일러두기

1. 본문은 표준어 규정 및 한글 맞춤법에 따르되, 작가만의 특이한 말이나 표준어 또는 표준어가 없는 방언이나 속어는 그대로 썼습니다.

2. 대화에서는 방언이나 속어 및 구어를 살렸으며, 현대어 표기법에 맞추었습니다.

3. 띄어쓰기는 현대어 표기법에 맞도록 통일하였습니다.

4. 문단 나누기는 원전을 살리되, 읽기 불편한 곳은 적절하게 조절했습니다.

5. 이해하는 데 꼭 필요한 단어는 단어 밑에 작은 글씨로 그 뜻을 표기했습니다.

6. 작품을 이해하는 데 중요한 문단이나 구절은 본문에 표시를 하고 번호를 매겨 페이지 하단에 설명을 달았습니다.

7. 발단-전개-위기-절정-결말 등 작품 이해 및 학습에 도움을 주고자 소설 전개순서에 따라 표기하였습니다.

8. 「　」는 단편소설을 『　』는 단행본으로 나온 책을 표시하였습니다.

차례

1920년대 사실주의 소설의 대표작으로 손꼽히는 이 소설은 김첨지라는 인력거꾼의 하루 동안의 일과와 그 아내의 비참한 죽음을 통해 일제 강점기 하층 노동자의 궁핍한 생활상과 기구한 운명을 집약적으로 보여 준다.

이 작품의 특징은 전체가 '반어적'이라는 데 있다. 전반부에서 김첨지의 운수 좋은 하루가 후반부에서는 아내의 죽음이라는 비극적 결말로 이어지는 극적인 반전을 통해, 인간의 운명적 반어(상황의 아이러니)를 공감할 수 있고, 이 작품의 주제를 선명히 부각시키는 효과를 거두고 있다.

제목인 '운수 좋은 날'도 가장 참혹하고 비통한 날에 대한 반어적 표현이다. 사실과 달리 운수 좋은 날로 표현된 이 아이러니는 단순히 아이러니컬한 제목 수준에 머무는 것이 아니라, 이 아이러니의 간극만큼 비극성을 강화하게 된다.

돈을 많이 벌게 되어 '운수 좋은 날'이라고 생각한 바로 그 날이 가장 운수 사

현진건

운수 좋은 날

나운 날이 되고 마는 처절한 삶의 실상이 아이러니를 통해 이 소설에 나타나

고 있다.

갈래 단편소설, 사실주의 소설
배경 시간 : 일제 시대 어느 비 오는 겨울날
      공간 : 서울
시점 3인칭 전지적 작가 시점
주제 일제 강점기 하층민의 비참한 생활상

새침하게 흐린 품이 눈이 올 듯하더니, 눈은 아니 오고 얼다가
만 *비가¹ 추적추적 내리는 날이었다.

인력거 일본에서 발명된, 사람의 힘으로 끄는 교통수단.

이날이야말로 동소문 안에서 인력거 꾼 노릇
을 하는 김첨지에게는 오래간만에도 닥친 운수
나이 많은 이를 낮추어 부르는 말
좋은 날이었다. 문 안에 (거기도 문밖은 아니지
만) 들어간답시는 앞집 마나님을 전찻길까지 모
셔다 드린 것을 비롯하여 행여나 손님이 있을까
하고 정류장에서 어정어정하며 내리는 사람 하나하나에게 거의 비
는 듯한 눈길을 보내고 있다가, 마침내 교원인 듯한 양복쟁이를 동광
학교(東光學校)까지 태워다 주기로 되었다.

*첫 번에 30전, 둘째 번에 50전 아침 댓바람에 그리 흔치 않은 일
                              단한번
이었다. 그야말로 재수가 옴붙어서 근 열흘 동안 돈 구경도 못한 김
첨지는 10전짜리 백통화 서 푼, 또는 다섯 푼이 찰깍하고 손바닥에

김첨지는 자본주의 사회에서 아무리 일을 해도 가난할 수밖에 없는 인력거꾼이다. 다감하면서도 약간 거칠고 반항적인 인물로, 그 시대 가난한 서민의 모습을 대변한다. 그의 아내는 굶기를 밥 먹듯이 하여 병들어 설렁탕 한 그릇을 먹는 것이 소원이었으나, 그 꿈을 이루지 못하고 죽는다. 작품의 행·불행을 결정짓는 인물이다.

떨어질 제 거의 눈물을 흘릴 만큼 기뻤었다.[2] 더구나 이날 이때에 이 80전이라는 돈이 그에게 얼마나 유용한지 몰랐다. °컬컬한 목에 모주 한 잔도 적실 수 있거니와 그보다도 앓는 아내에게 설렁탕 한 그릇도 사다줄 수 있음이다.[3]

그의 아내가 기침으로 쿨룩거리기는 벌써 달포가 넘었다. 조밥도 굶기를 먹다시피 하는 형
한 달이 조금 넘는 기간
편이니 물론 약 한 첩 써본 일이 없다. 구태여 쓰려면 못쓸 바도 아니로되 °그는 병이란 놈에게 약을 주어 보내면 재미를 붙여서 자꾸 온다는 자기

조 생육 기간이 짧고 가뭄에도 매우 강하므로 척박한 땅에서도 잘 자란다. 흉년이 들었을 때 주식으로 할 수 있는 작물이다.

1 소설 속에서 하루 종일 내리는 '비'는 인물의 비극적 결말을 암시함.
2 인물의 행동을 통한 빈궁한 생활에 대한 묘사.
3 앞으로 일어날 사건에 대한 복선(伏線), 설렁탕은 김첨지의 비극성을 고취시키는 매개물.

의 신조(信條)에 어디까지 충실하였다.[4]

따라서 의사에게 보인 적이 없으니 무슨 병인지는 알 수 없으나, 반듯이 누워 가지고 일어나기는커녕 세로에 모로도 못 눕는 걸 보면 중증은 중증인 듯. *병이 이대도록 심해지기는 열흘 전에 조밥을 먹고 체한 때문이다. 그때도 김첨지가 오래간만에 돈을 얻어서 좁쌀 한 되와 10전짜리 나무 한 단을 사다 주었더니 김첨지의 말에 의하면, 오라질년이 천방지축(天方地軸)으로 냄비에 대고 끓였다. 마
급하고 어리석게 덤벙댐
음은 급하고 불길은 닿지 않아 채 익지도 않은 것을 그 오라질 년이 숟가락은 그만두고 손으로 움켜서 두 뺨에 주먹덩이 같은 혹이 불거지도록 누가 빼앗을 듯이 처박지르더니만 그날 저녁부터 가슴이 땅긴다, 배가 켕긴다 하고 눈을 홉뜨고 지랄병을 하였다.[5]
치켜뜨고
그때 김첨지는 열화와 같이 성을 내며

"에이, 오라질년, 조랑복은 할 수가 없어, 못 먹어 병, 먹어서 병,
아주 짧게 타고난 복
어쩌란 말이야! 왜 눈을 바루 뜨지 못해."

하고 김첨지는 앓는 이의 뺨을 한 번 후려갈겼다. 홉뜬 눈은 조금 발라졌건만 이슬이 맺히었다. 김첨지의 눈시울도 뜨끈뜨끈하였다.

이 환자가 그러고도 먹는 데는 물리지 않았다. *사흘 전부터 설렁탕 국물이 마시고 싶다고 남편을 졸랐다.[6]

"이런 오라질 년! 조밥도 못 먹는 년이 설렁탕은. 또 처먹고 지랄병을 하게."

라고 야단을 쳐보았건만, 못 사주는 마음이 시원치는 않았다.

인제 설렁탕을 사 줄 수도 있다. 앓는 어미 곁에서 배고파 보채는

개똥이(세살먹이)에게 죽을 사줄 수도 있다. 80전을 손에 쥔 김첨
지의 마음은 푼푼하였다.

모자람이 없이 넉넉하다

발단 돈을 많이 벌어 기뻐하는 김첨지

그러나, 그의 행운은 그걸로 그치지 않았다. 땀과 빗물이 섞여 흐
르는 목덜미를 기름 주머니가 다 된 왜목수건으로 닦으며, 그 학교
문을 돌아 나올 때였다. 뒤에서 "인력거!"하고 부르는 소리가 났다.
자기를 불러 멈춘 사람이 그 학교 학생인 줄 김첨지는 한번 보고 짐
작할 수 있었다. 그 학생은 다짜고짜로,

"남대문 정거장까지 얼마요?"

라고 물었다. 아마도 그 학교 기숙사에 있는 이로 동기방학을 이용
하여 귀향하려 함이리라. 오늘 가기로 작정은 하였건만, 비는 오고
짐은 있고 해서 어찌 할 줄 모르다가 마침 김첨지를 보고 뛰어나왔
음이리라. 그렇지 않다면 왜 구두를 채 신지 못해서 질질 끌고, 비록
고꾸라(굵은 실로 두껍게 짠 면직물) 양복일망정 노박이로 비를 맞
으며 김첨지를 뒤쫓아 나왔으랴.

"남대문 정거장까지 말씀입니까?"

하고, 김첨지는 잠깐 주저하였다. 그는 이 우중에 우장도 없이 그 먼
곳을 칠벅거리고 가기가 싫었음일까? 처음것, 둘째것으로 그만 만

---

4 김첨지의 고지식한 성격.

5 아내의 병의 내력과 가정 사정에 대한 작가의 설명적 제시. 이 소설이 전지적 작가 시점
   임을 알게 해 줌.

6 비극적 결말을 향한 복선.

운수 좋은 날   15

인력거가 있는 1900년 경 모습. 김첨지는 인력거를 이끌고 비오는 날 거리를 누비고
다녔다.

족하였음일까? 아니다. 결코 아니다. 이상하게도 꼬리를 맞물고 덤비는 이 행운 앞에 조금 겁이 났음이다. 그리고 집을 나올 제 아내의 부탁이 마음에 켕기었다. 앞집 마마한테서 부르러 왔을 제 병인은 그 뼈만 남은 얼굴에 유일의 생물 같은 유달리 크고 움푹한 눈에다 애걸하는 빛을 띠며,

"오늘은 나가지 말아요. 제발 덕분에 집에 붙어 있어요. 내가 이렇게 아픈데……."

하고 모깃소리같이 중얼거리며 숨을 그르렁그르렁하였다. 그래도 김첨지는 대수롭지 않은 듯이.

*"압다, 젠장맞을 년. 빌어먹을 소리를 다 하네. 맞붙들고 앉았으면 누가 먹여 살릴 줄 알아."[7] 하고 훌쩍 뛰어나오려니까 환자는 붙잡을 듯이 팔을 내저으며, "나가지 말라도 그래, 그러면 일찍이 들어와요."라고 목멘 소리가 뒤를 따랐다.

정거장까지 가잔 말을 들은 순간에 경련적으로 떠는 손, 유달리 큼직한 눈, 울 듯한 아내의 얼굴이 *김첨지의 눈앞에 어른어른하였다.[8]

"그래, 남대문 정거장까지 얼마란 말이요?"

하고 학생은 초조한 듯이 인력거꾼의 얼굴을 바라보며 혼잣말같이

"인천 차가 열한 점에 있고, 그 다음에는 새로 두 점이던가."

---

7 하층민의 참담한 삶.
8 김첨지의 심리적 갈등을 나타냄.

라고 중얼거린다.

"일 원 오십 전만 줍시요."

이 말이 저도 모를 사이에 불쑥 김첨지의 입에서 떨어졌다. 제 입으로 부르고도 스스로 그 엄청난 돈 액수에 놀랐다. 한꺼번에 이런 금액을 불러라도 본 지가 그 얼마만인가! 그러자, 그 돈 벌 용기가 병자에 대한 염려를 사르고 말았다. 설마 오늘 내로 어쩌랴 싶었다. 무슨 일이 있더라도 제일 제이의 행운을 곱친 것보다도 오히려 갑절이 많은 이 행운을 놓칠 수 없다 하였다.

"일 원 오십 전은 너무 과한데."

이런 말을 하며 학생은 고개를 기웃하였다.

"아니올시다. 릿수로 치면 여기서 거기가 시오리가 넘는답니다. 또 이런 진날에는 좀더 주셔야지요."

하고 빙글빙글 웃는 차부의 얼굴에는 숨길 수 없는 기쁨이 넘쳐 흘렀다.

"그러면 달라는 대로 줄 터이니 빨리 가요."

관대한 어린 손님은 그런 말을 남기고 총총히 옷도 입고 짐도 챙기러 갈 데로 갔다.

그 학생을 태우고 나선 김첨지의 다리는 이상하게 가뿐하였다. 달음질을 한다느니보다 거의 나는 듯하였다. 바퀴도 어떻게 속히 도는지 구른다느니보다 마치 얼음을 지쳐 나가는 스케이트 모양으로 미끄러져 가는 듯하였다. 언 땅에 비가 내려 미끄럽기도 하였지만.

°이윽고 끄는 이의 다리는 무거워졌다. 자기 집 가까이 다다른 까닭이다. 새삼스러운 염려가 그의 가슴을 눌렀다.⁹

'오늘은 나가지 말아요. 내가 이렇게 아픈데.' 이런 말이 잉잉 그의 귀에 울렸다. 그리고 병자의 움쑥 들어간 눈이 원망하는 듯이 자기를 노려보는 듯하였다. 그러자 엉엉 하고 우는 개똥이의 곡성을 들은 듯싶다. 딸국딸국하고 숨 모으는 소리도 나는 듯싶다…….

"왜 이러우? 기차 놓치겠구면."

하고 탄 이의 초조한 부르짖음이 간신히 그의 귀에 들려왔다. 언뜻 깨달으니 김첨지는 인력거 채를 쥔 채 길 한복판에 엉거주춤 멈춰 있지 않은가.

"예, 예."

하고 김첨지는 또다시 달음질하였다. 집이 차차 멀어갈수록 김첨지의 걸음에는 다시금 신이 나기 시작하였다. 다리를 재게 놀려야만 쉴 새 없이 자기의 머리에 떠오르는 모든 근심과 걱정을 잊을 듯이.

정거장까지 끌어다 주고 그 깜짝 놀란 1원 50전을 정말 제 손에 쥐매 제 말마따나 십리나 되는 길을 비를 맞아가며 질퍽거리고 온 생각은 아니하고, 거저 얻은 듯이 고마웠다. 졸부나 된 듯이 기뻤다. 제 자식뻘밖에 안되는 어린 손님에게 몇번 허리를 굽히며

"안녕히 다녀옵시요."

라고 깎듯이 재우쳤다.

그러나 빈 인력거를 털털거리며 이 우중에 돌아갈 일이 꿈밖이었다. 노동으로 하여 흐른 땀이 식어지자 굶주린 창자에서, 물 흐르는 옷에서 어슬어슬 한기가 솟아나기 비롯하매 1원 50전이란 돈이 얼
추운 기운

---

9 김첨지의 심리적 갈등 심화. 비극적 결말을 향한 복선.

1900년 경 서울역 모습. 김첨지는 기차에서 내려 역을 빠져 나오는 수많은 사람들 가운데 손님을 찾느라 정신이 없었을 것이다.

마나 괜찮고 괴로운 것인 줄 절실히 느끼었다. 정거장을 떠나가는 그의 발길은 힘 하나 없었다. 온몸이 옹송그려지며 당장 그 자리에 엎어져 못 일어날 것 같았다.

"젠장맞을 것! 이 *비[10]를 맞으며 빈 인력거를 털털거리고 돌아를 간담. 이런 빌어먹을, 제 할미를 붙을 비가 왜 남의 상판을 딱딱 때려!"

그는 몹시 홧증을 내며 누구에게 반항이나 하는 듯이 게걸거렸다. 그럴 즈음에 그의 머리엔 또 새로운 광명이 비쳤나니, 그것은 '이러구 갈 게 아니라 이 근처를 빙빙돌며 차 오기를 기다리면 또 손님을 태우게 되는지도 몰라.'란 생각이었다. 오늘 운수가 괴상하게도 좋으니까 그런 요행이 또 한번 없으리라고 누가 보증하랴. 꼬리를 굴리는 행운이 꼭 자기를 기다리고 있다는 내기를 해도 좋을 만한 믿음을 얻게 되었다. 그렇지만 정거장 인력거꾼의 등쌀이 무서워 정거장 앞에 섰을 수가 없었다. <small>몹시 귀찮게 구는 태도</small> 그래 그는 이전에도 여러 번 해 본 일이라 바로 앞 전차 정류장에서 조금 떨어지게 사람 다니는 길과 전찻길 틈에 인력거를 세워 놓고 자기는 그 근처를 빙빙 돌며 형세를 관망하기로 하였다.

얼마만에 기차는 왔고 수십 명이나 되는 손이 정류장으로 쏟아져 나왔다. 그 중에서 손님을 물색하던 김첨지의 눈에 양머리에 뒤축 높은 구두를 신고 망토까지 두른 기생 퇴물인 듯, 난봉 여학생인 듯한 여편네의 모양이 띄었다. 그는 슬근슬근 그 여자의 곁으로 다가들었다.

---

10 여기서 '비'는 김첨지의 내적 갈등을 나타냄.

"아씨, 인력거 아니 타시랍시요?"

그 여학생인지 뭔지가 한참은 매우 때깔을 빼며 입술을 꼭 다문 채 김첨지를 거들떠 보지도 않았다. 김첨지는 구경하는 거지나 무엇같이 연해연방 그의 기색을 살피며,

교만한 태도

"아씨 정거장 애들보담 아주 싸게 모셔다 드리겠습니다. 댁이 어데신가요?"

끊임없이

버들고리짝 키버들의 가지로 만든 상자로, 주로 옷을 넣는 데 쓴다.

하고 추근추근하게도 그 여자의 들고 있는 일본식 버들고리짝에 제 손을 대었다.

*"왜 이래? 남 귀치않게."

소리를 벽력같이 지르고는 돌아선다.[11]

김첨지는 어렵쇼 하고 물러섰다.

전차는 왔다. 김첨지는 원망스럽게 전차 타는 이를 노리고 있었다. 그러나 그의 예감은 틀리지 않았다. 전차가 빡빡하게 사람을 싣고 움직이기 시작하였을 제 타고 남은 손 하나가 있었다. 굉장하게 큰 가방을 들고 있는 걸 보면 아마 붐비는 차안에 짐이 크다 하여 차장에게 밀려 내려온 눈치였다. 김첨지는 대어섰다.

"인력거를 타시랍시요."

한동안 값으로 실랑이를 하다가 60전에 인사동까지 태워다 주기로 하였다. *인력거가 무거워지매 그의 몸은 이상하게도 가벼워졌고 그리고 또 인력거가 가벼워져서 몸은 다시금 무거워졌건만 이번에는 마음조차 초조해온다. 집의 광경이 자꾸 눈앞에 어른거리어 이젠 요행을 바랄 여유도 없었다.[12]

나뭇등걸이나 무엇 같고 제 것 같지도 않은 다리를 연해 꾸짖으

며 갈팡질팡 뛰는 수밖에 없었다. "저놈의 인력거꾼이 저렇게 술이 취해 가지고 이 진 땅에 어찌 가노."라고 길 가는 사람이 걱정을 하리만큼 그의 걸음은 황급하였다. 흐리고 비오는 하늘은 어둠침침하게 벌써 황혼에 가까운 듯하다. 창경원 앞까지 다다라서야 그는 턱에 닿는 숨을 돌리고 걸음도 늦추잡았다. 한 걸음 두 걸음 집이 가까워올수록 그의 마음은 괴상하게 누그러졌다. 그런데 이 누그러짐은 안심에서 오는 게 아니요, 자기를 덮친 무서운 불행을 빈틈 없이 알게 된 때가 박두한 것을 두리는 마음에서 오는 것이다. 그는 불행이 닥치기 전 시간을 얼마쯤이라도 늘이려고 버르적거렸다. 기적(奇蹟)에 가까운 벌이를 하였다는 기쁨을 할 수 있으면 오래 지니고 싶었다. 그는 두리번두리번 사면을 살피었다. 그 모양은 마치 자기 집 — 곧 불행을 향하고 달려가는 제 다리를 제 힘으로는 도저히 어찌할 수 없으니 누구든지 나를 좀 잡아다오, 구해다고 하는 듯하였다.

두려워 하는

전개 잇단 행운의 연속과 아내의 병환 걱정

그럴 즈음에 마침 길가 선술집에서 친구 치삼이가 나온다. °그의 우글우글 살찐 얼굴은 주홍이 돋는 듯, 온 턱과 뺨을 시커멓게 구레나룻이 덮였거든, 노르탱탱한 얼굴이 바짝 말라서 여기저기 고랑이 파이고 수염도 있대야 턱밑에만 마치 솔잎 송이를 거꾸로 붙여 놓은 듯한 김첨지의 풍채하고는 기이한 대상을 짓고 있었다.[13]

---

11 비극성을 고조시키기 위한 희화적(익살스러운) 에피소드.
12 김첨지의 심리적 갈등을 리어카에 전이시키고 있음.
13 김첨지와 대조적인 인물을 설정하여 작품의 희화화를 꾀함.

"여보게 김첨지, 자네 문 안 들어갔다 오는 모양일세 그려, 돈 많이 벌었을테니 한 잔 빨리게."

뚱뚱보는 말라깽이를 보는 맡에 부르짖었다. 그 목소리는 몸짓과 딴판으로 연하고 싹싹하였다. 김첨지는 이 친구를 만난 게 어떻게 반가운지 몰랐다. 자기를 살려준 은인이나 무엇같이 고맙기도 하였다.

"자네는 벌써 한 잔 한 모양일세 그려. 자네도 재미가 좋아보이."

하고 김첨지는 얼굴을 펴서 웃었다.

"압다. 재미 안 좋다고 술 못 먹을 낸가. 그런데 여보게, 자네 왼몸이 어째 물독에 빠진 새앙쥐 같은가? 어서 이리 들어와 말리게."

너비아니 생양짝하게 저며 양념을 하여 구운 쇠고기.

선술집은 훈훈하고 뜨뜻하였다. 추어탕을 끓이는 솥뚜껑을 열 적마다 뭉게뭉게 떠오르는 흰 김, 석쇠에서 빠지짓 빠지짓 구워지는 너비아니, 굴이며 제육이며 간이며 콩팥이며 북어며 빈대떡…… 이 너저분하게 늘어놓은 안주 탁자. 김첨지는 갑자기 속이 쓰려서 견딜 수 없었다. 마음대로 할 양이면 거기 있는 모든 먹음먹이를 모조리 깡그리 집어삼켜도 시원치 않았다. 하되 배고픈 이는 우선 분량 많은 빈대떡 두 개를 쪼이기로 하고 추어탕을 한 그릇 청하였다. 주린 창자는 음식맛을 보더니 더욱더욱 비어지며 자꾸자꾸 들이라 들이라 하였다. 순식간에 두부와 미꾸리 든 국 한 그릇을 그냥 물같이 들이켜고 말았다. 셋째 그릇을 받아들었을 제 데우던 막걸리 곱빼기 두 잔이 더웠다. 치삼이와 같이 마시자 원원이 비었던 속이라 찌르르 하고 창자에 퍼지며 얼굴이 화끈하였다. 눌러 곱빼기 한 잔을 또 마셨다.

본디부터

김첨지의 눈은 벌써 개개 풀리기 시작하였다. 석쇠에 얹힌 떡 두 개를 숭덩숭덩 썰어서 볼을 불룩거리며 또 곱빼기 두 잔을 부어라 하였다.

치삼은 의아한 듯이 김첨지를 보며

"여보게 또 붓다니, 벌써 우리가 넉 잔씩 먹었네. 돈이 사십 전일세."

라고 주의시켰다.

"아따 이놈아, 사십 전이 그리 끔찍하냐? 오늘 내가 돈을 막 벌었어. 참 오늘 운수가 좋았느니."

"그래 얼마를 벌었단 말인가?"

"삼십 원을 벌었어, 삼십 원을! 이런 젠장맞을, 술을 왜 안 부어…… 괜찮다, 괜찮아. 막 먹어도 상관이 없어. 오늘 돈 산더미같이 벌었는데."

"어, 이 사람 취했군, 고만두세."

"이놈아, 그걸 먹고 취할 내냐? 어서 더 먹어."

하고는 치삼의 귀를 잡아채며 취한 이는 부르짖었다. 그리고 술을 붓는 열오륙 세 됨직한 중대가리에게로 달려들며

"이놈, 오라질놈, 왜 술을 붓지 않아."

라고 야단을 쳤다. 중대가리는 희희 웃고 치삼이를 보며 문의하는 듯이 눈짓을 하였다. 주정꾼이 이 눈치를 알아보고 화를 버럭 내며

"네미를 붙을 이 오라질 놈들 같으니 이놈 내가 돈이 없을 줄 알고?"

하자마자 허리춤을 훔칫훔칫하더니 일 원짜리 한장을 꺼내어 중

대가리 앞에 펄쩍 집어던졌다. 그 사품에 몇 푼 은전이 잘그랑하며
떨어진다.

"여보게 돈 떨어졌네. 왜 돈을 막 꺼었나."

이런 말을 하며 일변 °돈[14]을 줍는다. 김첨지는 취한 중에도 돈의
한편
거처를 살피는 듯이 눈을 크게 떠서 땅을 내려다보다가 불시에 제
하는 짓이 너무 더럽다는 듯이 고개를 소스라치자 더욱 성을 내며

"봐라 봐! 이 더러운 놈들아! 내가 돈이 없나, 다리뼉다구를 꺾어
놓을 놈들 같으니."

하고 치삼이 주워 주는 돈을 받아,

"이 원수엣 돈! 이 육시를 할 돈!"
죽은 사람을 다시 목 베는 형벌
하면서 팔매질을 친다. 벽에 맞아 떨어진 돈은 다시 술 끓이는 양
푼에 떨어지며 정당한 매를 맞는다는 듯이 쨍 하고 울었다.

곱빼기 두 잔은 또 부어질 겨를도 없이 말려가고 말았다. 김첨지
는 입술과 수염에 붙은 술을 빨아들이고 나서 매우 만족한 듯이 그
솔잎송이 수염을 쓰다듬으며

"또 부어, 또 부어."

라고 외쳤다.

또 한 잔 먹고 나서 김첨지는 치삼의 어깨를 치며 문득 껄껄 웃는
다. 그 웃음 소리가 어찌나 컸던지 술집에 있는 이의 눈이 모두 김첨
지에게로 몰리었다. 웃는 이는 더욱 웃으며

"여보게 치삼이, 내 우스운 이야기 하나 할까? 오늘 손을 태우고
정거장에까지 가지 않았겠나."

"그래서?"

"갔다가 그저 오기가 안됐데 그려, 그래 전차 정류장에서 어름어름하며 손님 하나를 태울 궁리를 하지 않았나. 거기 마침 마나님이신지 여학생이신지 — 요새야 어디 논다니와 아가씨를 구별할 수가 있던가. 망토를 잡수시고 비를 맞고 서 있겠지. 슬근슬근 가까이 가서 인력거를 타시랍시요 하고 손가방을 받으려니까 내 손을 탁 뿌리치고 핵 돌아서더니만 '왜 남을 이렇게 귀찮게 굴어!' 그 소리야말로 꾀꼬리 소리지, 허허"

김첨지는 교묘하게도 정말 꾀꼬리 같은 소리를 내었다. 모든 사람은 일시에 웃었다.

"빌어먹을 깍쟁이 같은 년, 누가 저를 어쩌나, '왜 남을 귀찮게 굴어!' 어이구 소리가 °채신[15]도 없지, 허허."

웃음소리들은 높아졌다. 그런 그 웃음소리들이 사라지기 전에 김첨지는 훌쩍훌쩍 울기 시작하였다.

치삼은 어이없이 주정뱅이를 바라보며,

"금방 웃고 지랄을 하더니 우는 건 무슨 일인가?"

김첨지는 연해 코를 들여마시며

"우리 마누라가 죽었다네."

"뭐, 마누라가 죽다니, 언제?"

"이놈아 언제는. 오늘이지."

"예끼 미친놈, 거짓말 말아."

---

14 여기서 '돈'은 갈등을 일으키는 소재로, 아내의 죽음이 돈으로 인해 발생하는 불행한 사건이라는 주제 의식을 반영함.

15 몸가짐이 경망스러워 위엄이 없음, 보통 '채신머리없다'로 쓰임.

"거짓말은 왜, 참말로 죽었어 참말로…… 마누라 시체를 집에 뻐들쳐 놓고 내가 술을 먹다니, 내가 죽일 놈이야, 죽일 놈이야."

하고 김첨지는 엉엉 소리 내어 운다.

치삼은 흥이 조금 깨어지는 얼굴로

"원 이 사람아 참말을 하나, 거짓말을 하나. 그러면 집으로 가세, 가."

하고 우는 이의 팔을 잡아당기었다.

치삼의 끄는 손을 뿌리치더니 김첨지는 눈물이 글썽글썽한 눈으로 싱그레 웃는다.

"죽기는 누가 죽어."

하고 득의 양양.

"죽기는 웨 죽어, 생때 같이 살아만 있단다. 그 오라질년이 밥을 죽이지. 인제 나한테 속았다."

하고 어린애 모양으로 손뼉을 치며 웃는다.

"이 사람이 정말 미쳤단 말인가. 나도 아주먼네가 앓는단 말은 들었었는데."

하고 치삼이도 어느 불안을 느끼는 듯이 김첨지에게 또 돌아가라고 권하였다.

"안 죽었어, 안 죽었대도 그래."

김첨지는 홧증을 내며 확신있게 소리를 질렀으되 그 소리엔 안 죽은 것을 믿으려고 애쓰는 가락이 있었다. 기어이 1원어치를 채워서 곱빼기를 한 잔씩 더 먹고 나왔다. 궂은비는 의연히 추적추적 내린다.

위기 술자리에서도 불안감을 감추지 못하는 김첨지

김첨지는 취중에도 설렁탕을 사가지고 집에 다다랐다. 집이라 해도 물론 셋집이요, 또 집 전체를 세든 게 아니라 안과 뚝 떨어진 행랑방 한 간을 빌어든 것인데 물을 길어대고 한 달에 1원씩 내는 터이다. 만일 김첨지가 주기를 띠지 않았던들 한 발을 대문에 들여놓았을 제 그곳을 지배하는 무시무시한 정적(靜寂), °폭풍우[16]가 지나간 뒤의 바다 같은 정적에 다리가 떨렸으리라. 쿨룩거리는 기침 소리도 들을 수 없다. 그르렁거리는 숨소리조차 들을 수 없다. °다만 이 무덤 같은 침묵을 깨뜨리는, 깨뜨린다느니보다 한층 더 침묵을 깊게 하고 불길하게 하는 빡빡 하는 그윽한 소리, 어린애의 젖 빠는 소리가 날 뿐이다. 만일 청각이 예민한 이 같으면 그 빡빡 소리는 빨 따름이요, 꿀떡꿀떡하고 젖 넘어가는 소리가 없으니 빈 젖을 빠다는 것도 짐작할는지 모르리라.[17]

혹은 김첨지도 이 불길한 침묵을 짐작했는지도 모른다. 그렇지 않으면 대문에 들어서자마자 전에 없이

"이 난장맞을 년, 남편이 들어오는데 나와 보지도 않아, 이 오라질년."

이라고 고함을 친 게 수상하다. 이 고함이야말로 제 몸을 엄습해 오는 무시무시한 증을 쫓아 버리려는 허장성세인 까닭이다.
실속은 없으면서 허세를 부림

하여간 김첨지는 방문을 왈칵 열었다. 구역을 나게 하는 추기, 떨어진 삿자리 밑에서 나온 먼짓내, 빨지 않은 지저귀에서 나는 똥내

---

16 여기서 폭풍우는 죽음을 의미함.
17 이 부분은 작가의 지나친 설명으로 극적인 효과를 반감시킴.

와 오줌내, 가지각색 때가 켜켜이 앉은 옷내, 병인의 땀 섞은 내가 섞인 추기가 무던 김첨지의 코를 찔렀다.

방안에 들어서며 설렁탕을 한구석에 놓을 사이도 없이 주정꾼은 목청을 있는 대로 다 내어 호통을 쳤다.

"이 오라질년, 주야장천 누워만 있으면 제일이야! 남편이 와도 일
<u>밤낮으로</u>
어나지를 못해!"

라는 소리와 함께 발길로 누운 이의 다리를 몹시 찼다. 그러나 발길에 채이는 건 사람의 살이 아니고 나무등걸과 같은 느낌이 있었다. 이때에 빽빽 소리가 응아 소리로 변하였다. 개똥이가 물었던 젖을 빼어놓고 운다. 운대도 온 얼굴을 찡그려 붙여서 운다는 표정을 할 뿐이다. 응아 소리도 입에서 나는 게 아니고 마치 뱃속에서 나는 듯하였다. 울다가 울다가 목도 잠겼고 또 울 기운조차 시진한 것 같다.
<u>기운이 빠져 없어지다</u>

<u>절정</u> 김첨지의 귀가와 아내의 죽음

발로 차도 그 보람이 없는 걸 보자 남편은 아내의 머리맡으로 달려들어 그야말로 까치집 같은 환자의 머리를 꺼들어 흔들며

"이년아, 말을 해, 말을! 입이 붙었어, 이 오라질년!"

"······."

"으응, 이것 봐, 아모말이 없네."

"······."

"이년아, 죽었단 말이냐, 웨 말이 없어?"

"······."

"으응, 또 대답이 없네, 정말 죽었나버이."

이러다가 누운 이의 흰 창이 검은 창을 덮은, 위로 치뜬 눈을 알아보자마자,

"이 눈깔! 이 눈깔! 웨 나를 바루 보지 못하고 천정만 보느냐, 응?"

하는 말끝엔 목이 메었다. 그러자 산 사람의 눈에서 떨어진 닭똥 같은 눈물이 죽은 이의 뻣뻣한 얼굴을 어룽어룽 적신다. 문득 김첨 지는 미친 듯이 제 얼굴을 죽은 이의 얼굴에 한데 비비대며 중얼거렸다.

●"설렁탕을 사다 놓았는데 왜 먹지를 못하니, 왜 먹지를 못하
<small>돈의 대응물로, 당대 민중의 가난한 현실을 극적으로 보여줌</small>
니…… 괴상하게도 오늘은! 운수가, 좋드니만……."[18]

결말 아내의 죽음에 비통해 하는 김첨지

출전 : 『개벽』, 1924

---

18 반어적 상황 설정으로 처절함이 묻어나는 김첨지의 독백. '설렁탕'은 이 소설에서 비극 적 상황을 환기시켜 주는 소재임.

작품 줄거리

　비가 추적추적 오는 어느 날, 인력거꾼 김첨지에게 행운이 불어닥친다. 아침 댓바람에 손님을 둘이나 태워 80전을 번 것이다. 거기에다가, 며칠 전부터 앓아누운 마누라에게 그렇게도 원하던 설렁탕 국물을 사줄 수 있으리라 기뻐하며 집으로 돌아가려던 그를, 1원 50전으로 불러 세운 학생 손님까지 만났기 때문이다. 엄청난 행운에 신나게 인력거를 끌면서도 그는 마누라 생각에 내심 켕긴다. 그럼에도 불구하고 그는 손님 하나를 흥정하여 또 한 차례 벌이를 한 후, 이 기적적인 벌이의 기쁨을 오래 간직하기 위하여 길가 선술집에 들른다.

　얼큰히 술이 오르자, 김첨지는 마누라에 대한 불길한 생각을 떨쳐버리려 술주정을 하면서 미친 듯이 울고 웃는다. 마침내 취기가 오른 김첨지가 설렁탕을 사들고 집에 들어온다. 그러나 집 안엔 무서운 정적이 감돈다. 아내를 발로 차 보지만 반응이 없자 달려들어 머리를 흔들며 "이년아 말을 해라."라고 소리를 지른다.

작가파일

현진건 1900~1943

경북 대구 출생으로 호는 '빙허(憑虛)'이다. 일본 도쿄대를 졸업하고 중국 상하이의 외국어학교에서 수학했다. 김동인과 함께 근대 단편소설의 개척자로 꼽히는 그는 염상섭과 함께 *사실주의를 개척한 작가로 평가된다. 그의 소설에는 식민지 치하에서 핍박받는 우리 민족의 참상과 일제에 대한 저항의식이 바탕에 깔려 있다. 주요 작품에 단편 「빈처」, 「고향」, 「운수 좋은 날」, 「B사감과 러브레터」, 「술 권하는 사회」 등이 있고, 장편 『무영탑』, 『흑치상지』가 있다.

---

*사실주의 사물을 있는 그대로 객관적으로 그려 내려고 하는 문학 예술의 경향. 리얼리즘이라고도 함.

독후 활동

1 이 소설에서 '설렁탕'이 지니는 의미에 대해 말해 보자.

2 이 소설에서 '돈'은 김첨지에게 가난을 극복할 수 있는 대안이다. 그러나 동시에 돈이 생기면서 아내는 점점 죽음을 맞게 된다. 곧 돈의 증가는 한편으로 죽음을 불러오는 하강으로 이어지는데, 이 같은 아이러니가 우리들의 삶에 인생에 어떻게 작용하는지에 대해 생각해 보자.

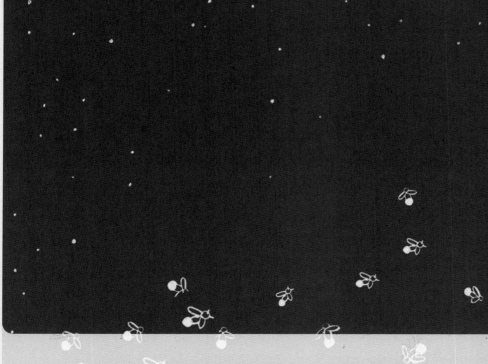

1925년 『조선문단』에 발표된 「B사감과 러브레터」는 현진건 소설의 풍자성과 인간의 심리 묘사가 탁월하게 나타난 소설이다.

B사감은 C학교 교원이자 기숙사 사감인데, 이 인물이 병적으로 싫어하는 것은 기숙사에 날아오는 러브레터와 남자들이 여학생을 면회 오는 일이다. 그녀는 이 두 가지 일을 지나치리만큼 엄격히 통제한다. 그녀의 이러한 행위는 사감으로서 학생을 통제하기 위한 것이지만, 그러나 속에 자리하고 있는 것은 남성에 대한 동경과 증오의 이중적 감정이다. 아직 결혼하지 못한 처지에서 비롯된 이 이중적 감정은 그녀가 행하는 기이한 행위로 결국 들통이 나고 만다. 그녀가 가장 혐오하는 러브레터를 들고 남성과 여성의 사랑 흉내를 내며 혼자 들떠 있는 모습을 통하여 B사감의 평소 태도는 거짓임이 판명되고, 사랑에 목말라하는 그녀의 정열적인 모습만 부각된다.

현진건

B사감과 러브레터

우리는 이 소설의 막바지에서 B사감을 바라보는 학생들의 시선이 어떠한가를 파악할 필요가 있다. 학생들의 시선이 B여사를 바라보는 작가의 풍자적 시선 이기도 하기 때문이다.

핵심정리

갈래 단편소설, 사실주의 소설
배경 시간 : 개화기 이후, 일제 치하
　　　공간 : C여학교 기숙사
시점 3인칭 전지적 작가 시점
주제 겉으로는 엄격하면서도 속으로는 사랑을 갈구하는 이중적
　　　성격을 가진 인물에 대한 풍자

C학교에서 교원 겸 기숙사 사감(舍監) 노릇을 하는 B여사라면 딱장대요 독신주의자요 찰진 야소꾼으로 유명하다. *사십에 가까운
　　　성질이 온순하지 않고 딱딱한 사람　기독교도. '야소'는 예수를 나타냄
노처녀인 그는 주근깨투성이 얼굴이 처녀다운 맛이란 약에 쓰려도 찾을 수 없을 뿐인가, 시들고 거칠고 마르고 누렇게 뜬 품이 곰팡 슬은 굴비를 생각나게 한다.

여러 겹 주름이 잡힌 훨렁 벗겨진 이마라든지, 숱이 적어서 법대로 쪽찌거나 틀어 올리지를 못하고 엉성하게 그냥 빗어 넘긴 머리 꼬리가 뒤통수에 염소 똥 만하게 붙은 것이라든지, 벌써 늙어 가는 자취를 감출 길이 없었다. 뾰족한 입을 앙다물고 돋보기 너머로 쌀쌀한 눈이 노릴 때엔 기숙생들이 오싹하고 몸서리를 치리만큼 그는 엄격하고 매서웠다.[1]

이 B여사가 질겁을 하다시피 싫어하고 미워하는 것은 소위 '러브 레터'였다. 여학교 기숙사라면 으레 그런 편지가 많이 오는 것이지만

등장인물

이 소설에는 B사감이 등장한다. B사감은 이 글의 주인공으로 겉으로는 엄격한 듯하지만 속으로는 사랑의 감정에 목말라 있는 노처녀이다.

학교로도 유명하고 또 아름다운 여학생이 많은 탓인지 모르되 하루에도 몇 장씩 죽느니 사느니 하는 사랑타령이 날아 들어왔었다. 기숙생에게 오는 사신을 일일이 검사하는 터이니까 그 따위 편지도

_{개인 편지}

물론 B여사의 손에 떨어진다. 달짝지근한 사연을 보는 족족 그는 더할 수 없이 흥분되어서 얼굴이 붉으락푸르락, 편지 든 손이 발발 떨리도록 성을 낸다.

아무 까닭 없이 그런 편지를 받은 학생이야말로 큰 재변이었다.

하학하기가 무섭게 그 학생은 사감실로 불리어 간다. 분해서 못 견

_{재앙으로 인해 생긴 변고}

_{학교에서 그날의 수업을 마침}

디겠다는 사람 모양으로 쌔근쌔근하며 방 안을 왔다갔다 하던 그는, 들어오는 학생을 잡아먹을 듯이 노리면서 한 걸음 두 걸음 코가 맞닿을 만큼 바싹 다가들어서서 딱 마주선다. 웬 영문인지 알지 못

---

1 인물의 외양 묘사를 통한 성격 제시.

한옥으로 지어진 이화학당 건물. C학교가 있었다면 이와 비슷한 모습이었을 것이다.

하면서도 선생의 기색을 살피고 겁부터 집어먹은 학생은 한동안 어쩔 줄 모르다가 간신히 모기만한 소리로

"저를 부르셨어요?"하고 묻는다.

"그래 불렀다. 왜!"

팍 무는 듯이 한마디 하고 나서 매우 못마땅한 것처럼 교의를 우당퉁탕 당겨서 철썩 주저앉았다가 학생이 그저 서 있는 걸 보면,

"장승이냐. 왜 앉지를 못해."

하고 또 소리를 빽 지르는 법이었다.

스승과 제자는 조그마한 책상 하나를 새에 두고 마주앉는다. 앉은 뒤에도,

'네 죄상을 네가 알지!'

하는 것처럼 아무 말 없이 눈살로 쏘기만 하다가 한참만에야 그편지를 끄집어내어 학생의 코앞에 동댕이를 치며,

"이건 누구한테 오는 거냐."하고 문초를 시작한다.

앞장에 제 이름이 씌었는지라,

"저한테 온 것이야요."하고 대답 않을 수 없다. 그러면 발신인이 누구인 것을 채쳐 묻는다. 그런 편지의 항용으로 발신인의 성명이 _{재촉해} 똑똑지 않기 때문에 주저주저하다가 자세히 알 수 없다고 내댈 양 _{흔히, 늘} 이면, _{거칠게 말하다}

"너한테 오는 것을 네가 모른단 말이냐."고 불호령을 내린 뒤에 또 사연을 읽어 보라 하여 무심한 학생이 나즉나즉하나마 꿀 같은 구절을 입술에 올리면, B여사의 역정은 더욱 심해져서 어느 놈의 소위인 것을 기어이 알려 한다. 기실 보도 듣도 못한 남성의 한 노 _{소행}

C학교 여학생들은 수업이 끝났더라도 무시무시한 B사감이 있는 기숙사에는 들어가고 싶지 않았을 것이다.

릇이요, 자기에게는 아무 죄도 없는 것을 변명하여도 곧이듣지를 않는다. 바른대로 아뢰어야 망정이지 그렇지 않으면 퇴학을 시킨다는 둥, 제 이름도 모르는 여자에게 편지할 리가 만무하다는 둥, 필연 행실이 부정한 일이 있으리라는 둥…….

하다못해 어디서 한 번 만나기라도 하였을 테니 어찌해서 남자와 접촉을 하게 되었느냐는 둥, 자칫 잘못하여 학교에서 주최한 음악회나 °바자² 에서 혹 보았는지 모른다고 졸리다 못해 주워댈 것 같으면 사내의 보는 눈이 어떻더냐, 표정이 어떻더냐, 무슨 말을 건네더냐, 미주알고주알 캐고 파며 얼르고 볶아서 넉넉히 십년감수는 시킨다. 하찮은 일까지 속속들이

두 시간이 넘도록 문초를 한 끝에는 사내란 믿지 못할 것, 우리 여성을 잡아먹으려는 마귀인것, 연애가 자유이니 신성이니 하는 것도 모두 악마의 지어낸 소리인 것을 입에 침이 없이 열에 띠어서 한참 설법을 하다가 닦지도 않은 방바닥(침대를 쓰기 때문에 방이라 해도 마룻바닥이다)에 그대로 무릎을 꿇고 기도를 올린다. 눈에 눈물까지 글썽거리면서 말끝마다 하느님 아버지를 찾아서 악마의 유혹에 떨어지려는 어린 양을 구해 달라고 뒤삶고 곱삶는 법이었다.

그리고 둘째로 그의 싫어하는 것은 기숙생을 남자가 면회하러 오는 일이었다. 무슨 핑계로 하든지 기어이 못 보게 하고 만다. 친부모, 친동기 간이라도 규칙이 어떠니 상학 중이니 무슨 핑계를 하든지 따돌려 보내기가 일쑤다. 이로 말미암아 학생이 동맹휴학을 하

---

2 bazza, 자선 사업 등의 기금 마련을 위해 일시적으로 벌이는 전시품 판매장, 바자회.

였고 교장의 설유까지 들었건만 그래도 그 버릇은 고치려 들지 않

았다.

(말로 타이름)

발단) B여사의 인물과 성격에 대한 묘사

°이 B사감이 감독하는 그 기숙사에 금년 가을 들어서 괴상한 일
이 '생겼다' 느니보다 '발각되었다' 는 것이 마땅할는지 모르리라.
왜 그런고 하면 그 괴상한 일이 언제 '시작된' 것은 귀신밖에 모르
니까.³

그것은 다른 일이 아니라 밤이 깊어서 새로 한 점이 되어 모든 기
숙생들이 달고 곤한 잠에 떨어졌을 제 난데없는 깔깔대는 웃음과
(한시)
속살속살하는 말낱이 새어 흐르는 일이었다. 하루 밤이 아니고 이
(몇 마디 말)
틀 밤이 아닌 다음에야 그런 소리가 잠귀 밝은 기숙생의 귀에 들리
기도 하였지만 자던 잠결이라 뒷동산에 구르는 마른 잎의 노래로
나, 달빛에 날개를 번뜩이며 울고 가는 기러기의 소리로나 흘려 들
었다. 그렇지 않으면 도깨비의 장난이나 아닌가 하여 무시무시한
증이 들어서 동무를 깨웠다가 좀처럼 동무는 깨지 않고 제 생각이
(증세)
너무나 어림없고 어이없음을 깨달으면, 밤소리 멀리 들린다고, 학
교 이웃집에서 이야기를 하거나 또 딴 방에 자는 제 동무들의 잠꼬
대로만 여겨서 스스로 안심하고 그대로 자버리기도 하였다.

그러나 이 수수께끼가 풀릴 때는 왔다. 이때 공교롭게 한 방에 자
던 학생 셋이 한꺼번에 잠을 깨었다. 첫째 처녀가 소변을 보러 일어
났다가 그 소리를 듣고 둘째 처녀와 셋째 처녀를 깨우고 만 것이다.

"저 소리를 들어 보아요. 아닌 밤중에 저게 무슨 소리야."

하고 첫째 처녀는 호동그래진 눈에 무서워하는 빛을 띤다.

"어제 밤에 나도 저 소리에 놀랐었어. 도깨비가 났단 말인가."

하고, 둘째 처녀도 잠 오는 눈을 비비며 수상해한다. 그 중에 제일 나이 많을 뿐더러(많았자 열여덟밖에 아니 되지만) 장난 잘 치고 짓궂은 짓 잘 하기로 유명한 셋째 처녀는 동무 말을 못 믿겠다는 듯이 이윽히 귀를 기울이다가

"딴은 수상한 걸. 나도 언젠가 한 번 들어 본 법도 하구먼. 무얼 잠 아니 오는 애들이 이야기를 하는 게지."

이때에 그 괴상한 소리는 땍때굴 웃었다. 세 처녀는 귀를 소스라쳤다. 적적한 밤 가운데 다른 파동 없는 공기는 그 수상한 말마디를 곁에서나 나는 듯이 또렷또렷이 전해 주었다.

"오, 태훈 씨! 그러면 작히 좋을까요."
_{오죽이나}
간드러진 여자의 목소리다.

"경숙 씨가 좋으시다면 내야 얼마나 기쁘겠습니까. 아아, 오직 경숙 씨에게 바친 나의 타는 듯한 가슴을 인제야 아셨습니까!" 정열에 뜨인 사내의 목청이 분명하였다.

한동안 침묵……

"인제 고만 놓아요. 키스가 너무 길지 않아요. 행여 남이 보면 어떡해요." 아양 떠는 여자 말씨.

"길수록 더욱 좋지 않아요. 나는 내 목숨이 끊어질 때까지 키스를 하여도 길다고는 못 하겠습니다. 그래도 짧은 것을 한하겠습니다."

---

3 작가의 직접적인 상황 설명. 이 소설이 전지적 작가시점임을 알게 해 줌.

사내의 피를 뽑는 듯한 이 말 끝은 계집의 자지러진 웃음으로 묻혀 버렸다.

그것은 묻지 않아도 사랑에 겨운 남녀의 허물어진 수작이다. 감금이 지독한 이 기숙사에 이런 일이 생길 줄이야! 세 처녀는 얼굴을 마주보았다. °그들의 얼굴은 놀랍고 무서운 빛이 없지 않았으되 점점 호기심에 번쩍이기 시작하였다. 그들의 머릿속에는 한결같이 로맨틱한 생각이 떠올랐다. 이 안에 있는 여자 애인을 보려고 학교 근처를 뒤돌고 곰돌던 사내 애인이, 타는 듯한 가슴을 걷잡다 못하여
_{감돌아 돌다}
밤이 이슥하기를 기다려 담을 뛰어넘었는지 모르리라.[4]

모든 불이 다 꺼지고 오직 밝은 달빛이 은가루처럼 서리인 창문이 소리 없이 열리며 여자 애인이 흰 수건을 흔들어 사내 애인을 부른지도 모르리라.

활동사진에 보는 것처럼 기나긴 피륙을 내리어서 하나는 위에서
_{'영화'의 옛 용어}
당기고 하나는 밑에 매달려 디룽디룽하면서 올라가는 정경이 있었는지 모르리라.

그래서 두 애인은 만나 가지고 저와 같이 사랑의 속살거림에 잦아졌는지 모르리라…… 꿈결 같은 감정이 안개 모양으로 눈부시게 세 처녀의 몸과 마음을 휩싸돌았다.

그들의 뺨은 후끈후끈 달았다.

괴상한 소리는 또 일어났다.

"난 싫어요. 난 싫어요. 당신 같은 사내는 난 싫어요."

이번에는 매몰스럽게 내어대는 모양.

"나의 천사, 나의 하늘, 나의 여왕, 나의 목숨, 나의 사랑, 나를 살

려 주어요, 나를 구해 주어요." 사내의 애를 졸리는 간청…….

전개 B사감이 감독하는 기숙사에 이상한 일이 벌어짐

"우리 구경 가 볼까."

짓궂은 셋째 처녀는 몸을 일으키며 이런 제의를 하였다. 다른 처녀들도 그 말에 찬성한다는 듯이 따라 일어섰으되 의아와 공구
_{두려움}
와 호기심이 뒤섞인 얼굴을 서로 교환하면서 얼마쯤 망설이다가 마침내 가만히 문을 열고 나왔다. 쌀벌레 같은 그들의 발가락은 가장 조심성 많게 소리나는 곳을 향해서 곰실곰실 기어간다. 컴컴한 복도에 자다가 일어난 세 처녀의 흰 모양은 그림자처럼 소리 없이 움직였다.

소리 나는 방은 어렵지 않게 찾을 수 있었다. 찾고는 나무로 깎아 세운 듯이 주춤 걸음을 멈출 만큼 그들은 놀랐다. 그런 소리의 출처야말로 자기네 방에서 몇 걸음 안 되는 사감실일 줄이야! 그렇듯이 사내라면 못 먹어하고 침이라도 뱉을 듯하던 B여사의 방일 줄이야. 그 방에 여전히 사내의 비대발괄하는 푸념이 되풀이되고
_{억울한 사정을 하소연하면서 간절히 빌다}
있다…….

나의 천사, 나의 하늘, 나의 여왕, 나의 목숨, 나의 사랑, 나의 애를 말려 죽이실 테요. 나의 가슴을 뜯어 죽이실 테요. 내 생명을 맡으신 당신의 입술로…….

위기 학생들이 소리나는 곳으로 찾아감

---

4 결말에 대한 독자의 호기심을 증폭시키기 위한 소설적 장치.

셋째 처녀는 대담스럽게 그 방문을 빠끔히 열었다. 그 틈으로 여섯 눈이 방 안을 향해 쏘았다. 이 어쩐 기괴한 광경이냐! 전등불은 아직 끄지 않았는데 침대 위에는 기숙생에게 온 소위 '러브레터'의 봉투가 너저분하게 흩어졌고 그 알맹이도 여기저기 두서없이 펼쳐진 가운데 B여사 혼자 — 아무도 없이 제 혼자 일어나 앉았다. 누구를 끌어당길 듯이 두 팔을 벌리고 안경을 벗은 근시안으로 잔뜩 한 곳을 노리며 그 굴비쪽 같은 얼굴에 말할 수 없이 애원하는 표정을 짓고는 키스를 기다리는 것같이 입을 쭝긋이 내어민 채 사내의 목청을 내어 가면서 아깟말을 중얼거린다. 그러다가 그 넓두리가 끝날 겨를도 없이 급작스레 앵돌아서는 시늉을 내며 누구를 뿌리치는 듯이 연해 손짓을 하면서 이번에는 톡톡 쏘는 계집의 음성을 지어

"난 싫어요. 당신 같은 사내는 난 싫어요." 하다가 제물에 자지러지게 웃는다. 그러더니 문득 편지 한 장(물론 기숙생에게 온 러브레터의 하나)을 집어 들어 얼굴에 문지르며,

"정 말씀이야요? 나를 그렇게 사랑하셔요? 당신의 목숨같이 나를 사랑하셔요? 나를, 이 나를." 하고 몸을 치수리는데 그 음성은 분명히 울음의 가락을 띠었다.

절정 B사감이 사랑하는 남녀의 대화를 흉내냄

"에그머니, 저게 웬일이야!" 첫째 처녀가 소곤거렸다.

"아마 미쳤나보아, 밤중에 혼자 일어나서 왜 저리고 있을꾸." 둘째 처녀가 맞방망이를 친다…….

"에그 불쌍해!"

제풀에

하고 셋째 처녀는 손으로 고인 때 모르는 눈물을 씻었다…….

결말 학생들이 B사감을 불쌍히 여김

출전 : 『조선문단』, 1925

C여학교에서 교원 겸 기숙사 사감 노릇을 하는 B여사는 부드러운 맛이 없는 독신주의자로 유명하다. 사십에 가까운 노처녀인 그녀의 얼굴은 처녀다운 모습이라고는 찾을 수 없다. 이 B여사가 질겁하다시피 싫어하고 미워하는 것은 소위 러브레터라는 것과 남자가 기숙사로 여학생을 면회 오는 것이다. B여사는 여학생들에게 오는 러브레터를 읽고 손이 발발 떨리도록 성을 내며, 남자가 여학생을 면회 오면 어떤 식으로든 핑계를 대어 못 만나게 한다.

B사감이 감독하는 기숙사에 금년 가을 들어 괴상한 일이 벌어진다. 새벽 한 시, 다른 모든 기숙생들이 잠에 곯아떨어졌을 때 난데없이 깔깔대는 웃음과 속살거리는 말소리가 들려오는 것이다. 이 소리를 들은 학생들은 처음엔 무서워하였으나 별일 아닌 일로 넘겨버린다.

그러나 결국 이 수수께끼는 풀리고 만다. 공교롭게도 한 방에서 자고 있던 학생 셋이 이 소리를 들었고, 그들 셋은 호기심에 소리 나는 곳으로 조용히 다가갔다. 그 소리는 바로 B여사의 방에서 흘러나오고 있었다. 그들 중 담력이 큰 셋째 처녀가 방문을 열었다. 그러자 그 속에는 러브레터들이 여기저기 흩어져 있고, 그 가운데 B여사 혼자 사랑하는 사람들의 대화를 흉내 내면서 한껏 고조된 감정을 추스르지 못하고 있었다.

작가 파일

현진건 1900~1943

경북 대구 출생으로 호는 '빙허(憑虛)'이다. 일본 도쿄대를 졸업하고 중국 상하이의 외국어학교에서 수학했다. 김동인과 함께 근대 단편소설의 개척자로 꼽히는 그는 염상섭과 함께 사실주의를 개척한 작가로 평가된다. 그의 소설에는 식민지 치하에서 핍박받는 우리 민족의 참상과 일제에 대한 저항의식이 바탕에 깔려 있다. 주요 작품에 단편 「빈처」, 「고향」, 「운수 좋은 날」, 「B사감과 러브레터」, 「술 권하는 사회」 등이 있고, 장편 『무영탑』, 『흑치상지』가 있다.

독후 활동

1 B사감의 기이한 행위가 들통 난 후 B여사를 바라보는 학생들의 시선
   에 대해 말해 보자.

2 B여사의 이중적인 심리 상태는 오늘날 현대인에게도 얼마든지 나타
   날 수 있다. 생활하면서 자신이 겪었던 이중적 심리 상태에 대해 말
   해 보자.(공부를 하기 위해 좋아하는 이성 친구를 멀리하였을 때 등)

1925년 『여명』에 발표된 「벙어리 삼룡이」는 인물과 인물 간의 갈등을 중심으로 이야기가 전개되고 있다.

삼룡이는 외모는 추하나 충직스런 인물인 데 반해 오 생원 아들은 천하 망종으로 신부에 대한 열등의식에 빠져 있는 인물이다. 이 두 인물은 사건 전개의 매개적 역할을 하는 신부에 대한 오해를 바탕으로 첨예하게 대립한다. 한편 이 소설은 °액자소설 형식으로 되어 있어 이야기 전달에 신뢰감을 주기도 한다.

우리는 이 작품을 통해 소설 속에 제시되어 있는 '육체적 한계를 초월한 정신적 사랑의 승화'에 대해 생각해 보아야 할 것이다. 신체적으로 불구인데다 신분적인 멸시를 받는 한 인간의 순수하고 강렬한 사랑을 통해, 고결한 사랑의 가치와 독자적인 인간임을 자각하는 과정이 소설의 말미에 나오는 '불'의 이미지 속에 선명하게 그려져 있기 때문이다.

나도향

벙어리 삼룡이

＊액자소설 이야기 속에 이야기가 들어 있는 소설. 그 구조가 액자 모양과 같다고 하여 붙여진 이름.

갈래 단편소설, 낭만주의 소설
배경 시간 : 일제 강점기
　　　공간 : 남대문 밖 연화봉 마을
시점 1인칭 관찰자 시점에서 3인칭 전지적 작가 시점으로 바뀜
주제 벙어리 삼룡이의 순수하고 진실한 사랑

　　　•내¹가 열 살이 될락말락한 때이니까 지금으로부터 십 사오 년 전 일이다.

오정포 정오를 알리던 대포.

지금은 그 곳을 청엽정(靑葉町)이라 부르지만 그때는 연화봉(蓮花峰)이라고 이름하였다. 즉 남대문(南大門)에서 바로 내다보면은 오정포(午正砲)가 놓여 있는 산등성이가 있으니 이쪽이 연화봉이요, 그 새에 있는 동네가 역시 연화봉이다.

지금은 그곳에 빈민굴(貧民窟)이라고 할 수밖에 없는 지저분한 촌락이 생기고 노동자들밖에 살지 않는 곳이 되어 버렸으나 그때에는 자기네 딴은 행세한다는 사람들이 있었다.

집이라고는 십여 호밖에 있지 않았고 그 곳에 사는 사람들은 대개 과목밭을 하고, 또는 채소를 심거나 아니면 콩나물을 길러서 생활을 하여 갔었다.

등장인물

이 소설에는 삼룡이, 오 생원, 오 생원의 아들, 새아씨가 등장한다. 삼룡이는 말을 못하는 벙어리이지만 충직한 머슴이다. 신분적 멸시에서 오는 분노와 새아씨에 대한 사랑을 방화 행위로 표출하는데, 이야기가 전개될수록 자신의 사랑을 적극적으로 표현하는 인물로 변해 간다. 오 생원은 동네 사람들에게 존경을 받으나 자식을 잘 못 키웠다는 아픔을 지니고 있다. 삼룡이와 갈등 관계에 있는 오 생원 아들은 포악하고 무도한 성격에 신부에 대한 열등감으로 새아씨와 삼룡이를 비인간적으로 대한다. 새아씨는 몰락한 양반의 딸로 돈에 팔려 시집와 남편에게 갖은 학대를 받는다.

여기에 그 중 큰 과목밭을 갖고 그 중 여유 있는 생활을 하여 가는 사람이 하나 있었는데 그의 이름은 잊어버렸으나 동네 사람들이 부르기를 오 생원(吳生員)이라고 불렀다.
_{예전에, 나이 많은 선비를 대접하여 이르던 말}
**얼굴이 동탕하고 목소리가 마치 여름에 버드나무에 앉아서 길게
_{토실토실 살이 찜}
목 늘여 우는 매미 소리같이 저르렁저르렁 하였다.[2]

그는 몹시 부지런한 중년 늙은이로 아침이면 새벽 일찍이 일어나서 앞뒤로 뒷짐을 지고 돌아다니며 집안일을 보살피는데 그 동네에는 그가 마치 시계와 같아서 그가 일어나는 때가 동네 사람이 일어나는 때였다. 만일 그가 아침에 돌아다니며 잔소리를 하지 않으면 동네 사람들은 이상히 여겨 그의 집으로 가 본다. 그는 반드시 몸이

---

1 여기서 '나' 는 1인칭 관찰자 시점임을 나타냄. 액자 구성의 외부 서술자 역할을 함.
2 인물의 외양 묘사를 통한 성격 제시.

불편하여 누워 있었다. 그러나 그와 같은 때는 일년 삼백육십 일에 한 번 있기가 어려운 일이요, 이태나 삼 년에 한 번 있거나 말거나 하였다.

그가 이곳으로 이사를 온 지는 얼마 되지는 아니하나 언제든지 감투를 쓰고 다니므로 동네 사람들은 양반이라고 불렀고 또 그 사람도 동네 사람들에게 그리 인심을 잃지 않으려고 섣달이면 북어 쾌, 김톳을 동네 사람에게 나눠 주며 농사 때에 쓰는 연장도 넉넉히

북어 20마리
김 100장

장만한 후 아무때나 동네 사람들이 쓰게 하므로 그 동네에서는 가장 인심 후하고 존경받는 집인 동시에 세력 있는 집이다.

옴두꺼비 '두꺼비'를 달리 이르는 말

그 집에는 삼룡이라는 벙어리 하인 하나가 있으니 키가 몹시 크지 못하여 땅딸보로 되었고 고개가 빼지 못하여 몸뚱이에 대강이를 갖다가 붙인 것 같다. 거기다가 얼굴이 몹시 얽고 입이 크다. 머리는 전에 새꼬랑지 같은 것을 주인의 명령으로 깎기는 깎았으나 불밤송이 모양으로 언제든지 푸하고 일어섰다. 그래 걸어다니는 것을 보면 마치 옴두꺼비가 서서 다니는 것같이 숨차 보이고 더디어 보인다. 동네 사람들이 부르기를 삼룡이라 부르는 법이 없고 언제든지 '벙어리.', '벙어리.'라고 하든지 그러지 않으면 '앵모.', '앵모.' 한다. 그렇지만 삼룡이는 그 소리를 알지 못한다.

그도 이 집주인이 이사를 올 때에 데리고 왔으니 진실하고 충성스러우며 부지런하고 세차다. 눈치로만 지내가는 벙어리지마는 말하고 듣는 사람보다 슬기로운 적이 있고 평생 조심성이 있어서 결

코 실수한 적이 없다.

아침에 일어나면 마당을 쓸고, 소와 돼지의 여물을 먹이며, 여름이면 밭에 풀을 뽑고 나무를 실어 들이고 장작을 패며, 겨울이면 눈을 쓸며 장 심부름과 진 일, 마른 일 할 것 없이 못하는 일이 없다.

그럴수록 이 집 주인은 벙어리를 위해 주며 사랑한다. 혹시 몸이 불편한 기색이 있으면 쉬게 해주고, 먹고 싶어하는 듯한 것은 먹이고, 입을 때 입히고 잘 때 재운다.

그런데 이 집에는 삼대 독자로 내려오는 그 집 아들이 있다. 나이는 열일곱 살이나 아직 열네 살도 되어 보이지 않고 너무 귀엽게 길렀기 때문에 누구에게든지 버릇이 없고 어리광을 부리며 사람에게나 짐승에게 포악한 짓을 많이 한다.

동리 사람들은,

"후레자식!"
버릇없는 자식

"애비 속상하게 할 자식!"

"저런 자식은 없는 것만 못 해."

하고 욕들을 한다. 그래서 그의 어머니는 아들이 잘못할 때마다 그의 영감을 보고

"그 자식을 좀 때려주구려. 왜 그런 것을 보고 가만 두?"

하고 자기가 대신 때려 주려고 나서면

"아뇨. 아직 철이 없어 그렇지. 저도 지각이 나면 그렇지 않을 것이 아뇨."

하고 너그럽게 타이른다. 그러면 마누라는 왜가리처럼 소리를 지르며

"철이 없긴 지금 나이가 몇이요. 낼 모레면 스무 살이 되는데, 또 며칠 아니면 장가를 들어서 자식까지 날 것이 그래 가지고 무엇을 한단 말이요."

하고 들이대며

°"자식은 꼭 아버지가 버려 놓았습니다. 자식 귀여운 것만 알았지 버릇 가르칠 줄은 모르니까……."[3]

이렇게 싸움만 시작하면 영감은 아무 말도 하지 않고 바깥으로 나가 버린다.

그 아들은 더구나 벙어리를 사람으로 알지도 않는다. 말 못하는 벙어리라고 오고 가며 주먹으로 허구리를 지르기도 하고 발길로 엉덩이도 찬다.

그러면 그 벙어리는 어린것이 그러는 것이 도리어 귀엽기도 하고 또 힘 없는 팔과 힘 없는 다리로 자기의 무쇠 같은 몸을 건드리는 것이 우습기도 하고 앙증맞기도 하여 돌아서서 툭툭 털고 다른 곳으로 몸을 피해 버린다.

어떤 때는 낮잠 자는 벙어리 입에다가 똥을 먹인 일도 있었다. 또 어떤 때는 자는 벙어리 두 팔, 두 다리를 살며시 동여매고 손가락 발가락 사이에 화승불을 붙여 놓아 질겁을 하고 일어나다가 발버둥질을 하고 죽으려는 사람처럼 괴로워하는 것을 보고 기뻐하였다.

이러할 때마다 벙어리의 가슴에는 비분한 마음이 꽉 들어찼다. 그러나 그는 주인의 아들을 원망하는 것보다도 자기가 병신인 것을 원망하였으며 주인의 아들을 저주한다는 것보다 이 세상을 저주하였다.

그러나 그는 결코 눈물을 흘리지 않았다. 그의 눈물은 나오려 할 때 아주 말라붙어 버린 샘물과 같이 나오려 하나 나오지 아니하였다. 그는 주인의 집을 버릴 줄 모르는 개 모양으로 자기가 있어야 할 곳은 여기밖에 없는 줄 알았다. 여기서 살다가 여기서 죽는 것이 자기의 운명인 줄밖에 알지 못하였다. 자기의 주인 아들이 때리고 지르고 꼬집어 뜯고 모든 방법으로 학대할지라도 그것이 자기에게 으레 있을 줄밖에 알지 못하였다. 아픈 것도 그 아픈 것이 으레 자기에게 돌아올 것이요, 쓰린 것도 자기가 받지 않아서는 안 될 것으로 알았다. 그는 이 마땅히 자기가 받아야 할 것을 어떻게 해야 면할까 하는 생각을 한 번도 하여 본 일이 없었다.

그가 이 집에서 떠나가려거나 또는 그의 생활 환경에서 벗어나려는 생각은 한 번도 해 보지 않았다 할지라도 그는 언제든지 그 주인 아들이 자기를 학대하고 또는 자기를 못 살게 굴 때 자기의 주먹과 또는 자기의 힘을 생각하여 보았다.

주인 아들이 자기를 때릴 때 그는 주인 아들 하나쯤은 넉넉히 제지할 힘이 있는 것을 알았다.

어떠한 때는 아픔과 쓰림이 자기의 몸으로 스미어들 때면 그의 주먹은 떨리면서 어린 주인의 몸을 치려 하다가는 그것을 무서운 고통과 함께 꾹 참았다.

그는 속으로

'아니다. 그는 나의 주인의 아들이다. 그는 나의 어린 주인이다.'

---

3 이후 사건에 필연성을 부여하는 부분. 복선(伏線).

하고 참았다.

그리고는 그것을 얼핏 잊어버렸다. 그러다가도 동넷집 아이들과 혹시 장난을 하다가 주인 아들이 울고 들어올 때에는 그는 황소같이 날뛰면서 주인을 위하여 싸웠다. 그래서 동네에서도 어린애들이나 장난꾼들이 벙어리를 무서워하여 감히 덤비지를 못하였다. 그리고 주인 아들도 위급한 경우에는 언제든지 벙어리를 찾았다. 벙어리는 얻어맞으면서도 기어드는 충견 모양으로 주인의 아들을 위하여 싫어하지 않고 힘을 다하였다.

발단 ┃ 배경과 인물 소개

벙어리가 스물세 살이 될 때까지 그는 물론 이성과 접촉할 기회가 없었다. 동네 처녀들이 저를 '벙어리.', '벙어리.' 하며 괴상한 손짓과 몸짓으로 놀려먹음 받을 적에 분하고 골나는 중에도 느긋한 즐거움을 느끼어 본 일은 있었으나 그가 결코 사랑으로써 어떠한 여자를 대해 본 일은 없었다.

그러나 정욕을 가진 사람인 벙어리도 그의 피가 차디찰 리는 없었다. 혹 그의 피는 더욱 뜨거웠을는지도 알 수 없었다. °만일 그에게 볕을 주거나 다시 뜨거운 열을 준다면 그의 피는 다시 녹을는지도 알 수 없었다.[4]

그가 깜박깜박하는 기름 등잔 아래에서 밤이 깊도록 짚신을 삼을 때이면 남모르는 한숨을 아니 쉬는 것도 아니지마는 그는 그것을 곧 억제할 수 있을 만큼 정욕에 대하여 벌써부터 단념을 하고 있었다.

마치 언제 폭발이 될는지 알지 못하는 휴화산(休火山) 모양으로 그의 가슴 속에는 충분한 정열을 깊이 감추어 놓았으나 그것이 아직 폭발될 시기가 이르지 못한 것이었다. 비록 폭발이 되려고 무섭게 격동함을 벙어리 자신도 느끼지 않는 바는 아니지마는 그는 그것을 폭발시킬 조건을 얻기 어려웠으며, 또한 자기가 이때까지 능동적으로 그것을 나타낼 수가 없을 만큼 외계의 압축을 받았으며, 그것으로 인한 이지(理智)가 너무 그에게 자제력(自制力)을 강대하게 하여 주는 동시에 또한 너무 그것을 단념만 하게 하여 주었다.

속으로 나는 '벙어리'다. 자기가 생각할 때 그는 몹시 원통함을 느끼는 동시에 말하는 사람들과 똑같은 자유와 똑같은 권리가 없는 줄 알았다. 그는 이와 같은 생각에서 언제든지 단념 않을래야 단념하지 않을 수 없는 그 단념이 쌓이고 쌓이어 지금에는 다만 한 개의 기계와 같이 이 집에 노예가 되어 있으면서도 그것을 자기의 천직으로 알고 있을 뿐이요, 다시는 자기가 살아갈 세상이 없는 것 같이밖에 알지 못하게 된 것이다.

그 해 가을이다. °주인의 아들이 장가를 들었다.[5] °색시[6] 는 신랑보다 두 살 위인 열아홉 살이다. 주인은 본시 자기가 언제든지 문벌
　　　　　　　　　　　　　　　　　_{대대로 내려오는 그 집안의 지체}
이 얇은 것을 한탄하여 신부를 구할 때에 첫째 조건이 문벌이 높아야 할 것이었다. 그러나 문벌이 있는 집에서는 그리 쉽게 색시를 내놀 리가 없었다. 그러므로 하는 수 없이 그 어떠한 영락한 양반의 딸
　　　　　　　　　　　　　　_{세력이나 살림이 줄어들어 보잘 것 없음}

---

4 작가가 개입하여 하는 말. 전지적 작가 시점임을 나타내줌.

5 새로운 갈등이 시작됨.

6 갈등을 심화시키는 계기가 됨.

오 생원 아들이 장가를 들었는데 색시는 영락한 양반의 딸로 신랑보다 두 살 위인 열 아홉 살이었다.

을 돈을 주고 사오다시피 하였으니, 무남독녀 외딸을 둔 남촌 어떤 과부를 꿀을 발라서 약혼을 하고 혹시나 무슨 딴소리가 있을까 하여 부랴부랴 혼례식을 올려 버렸다.

혼인할 때의 비용도 그때 돈으로 삼만 냥을 썼다. 그리고 아들의 처갓집에 며느리 뒤보아주는 바느질 삯, 빨래 삯이라는 명목으로 한 달에 이천오백 냥씩을 대어 주었다.

신부는 자기 아버지가 돌아가기 전까지만 해도 상당히 견디기도 하고 또는 °금지옥엽⁷같이 기른 터이라, 구식 가정에서 배울 것 배우고 읽힐 것 읽혀 못하는 것이 없고 게다가 본래 인물이라든지 행동거지에 조금도 구김이 있지 아니하다.

신부가 오자 신랑의 흠절이 생기기 시작하였다.

　　　　　부족하거나 잘못된 점

"신부에게 대면 두루미와 까마귀지."

"아직도 철딱서니가 없어."

"색시에게 쥐어 지내겠지."

"신랑에겐 과하지."

동리집 말 좋아하는 여편네들이 모여 있으면 이렇게 비평들을 한다. 어떠한 남의 걱정 잘하는 마누라 님은 간혹 신랑을 보고는 그대로 세워 놓고

"글세 이제는 어른이 되었으니 셈이 좀 나요. 저러구 어떻게 색시를 거느려가누. 색시 방에 들어가기가 부끄럽지 않담."

---

7 金枝玉葉. 황금으로 된 나뭇가지와 옥으로 된 잎이라는 뜻으로 귀여운 남의 자손을 이르는 말.

하고 들이대다시피 하는 일이 있다.

이럴 적마다 신랑의 마음은 그 말하는 이들이 미웠다. 일부러 자기를 부끄럽게 하려고 하는 것 같아 그 후에 그를 만나면 말도 안하고 인사도 하지 아니한다.

또 그의 고모 되는 이가 와서 자기 조카를 보고

"인제는 어른이야. 너도 그만하면 지각이 날 때가 되지 않았니.
                            철이 들
네 처가 부끄럽지 아니하냐."

하고 타이를 적마다 그의 마음은 말하는 사람이 부끄럽다는 것보다도 자기를 이렇게 하게 한 자기 아내가 더욱 밉살머리스러웠다.

"여편네가 다 무엇이냐? 저 빌어먹을 년이 들어오더니 나를 이렇게 못 살게들 굴지."

혼인한 지 며칠이 못 되어 그는 색시 방에 들어가지를 않았다. 집 안에서는 야단이 났다. 마치 돼지나 말 새끼를 흘레시키려는 것 같이 신랑을 색시 방으로 집어넣으려 하나 막무가내였다. 그럴 때마
        동물들의 교미
다 신랑은 손에 닥치는 대로 집어 때려서 자기의 외사촌 누이의 이마를 뚫어서 피까지 나게 한 일이 있었다. 집안 식구들은 하는 수가 없어 맨 나중으로 아버지에게 밀었다. 그러나 그것도 소용이 없을 뿐더러 풍파를 더 일으키게 하였다. 아버지께 꾸중을 듣고 들어와서는 다짜고짜로 신부의 머리채를 쥐어잡아 마루 한복판에 태질을 쳤다. 그리고는
                                        세게 메어침
"이 년, 네 집으로 가거라. 보기 싫다. 눈앞에는 보이지도 마라."

하였다. 밥상을 가져오면 그 밥상이 마당 한복판에서 재주를 넘고, 옷을 가져오면 그 옷이 쓰레기통으로 나간다.

이리하여 색시는 시집오던 날부터 팔자 한탄을 하며 날마다 밤마다 우는 사람이 되었다.

울면은 요사스럽다고 때린다. 또 말이 없으면 빙충맞다고 친다.
_{똑똑치 못하고 어리석다}
이리하여 그 집에는 평화스러운 날이 하루도 없었다.

이것을 날마다 보는 사람 가운데 알 수 없는 의혹을 품게 된 사람이 하나 있으니 그는 곧 벙어리 삼룡이였다.

그렇게 예쁘고 유순하고 그렇게 얌전한, 벙어리의 눈으로 보아서는 감히 손도 대지 못할 만큼 선녀 같은 색시를 때리는 것은 자기의 생각으로도 도저히 풀 수 없는 의심이다.

보기에도 황홀하고 건드리기도 황송할 만큼 숭고한 여자를 그렇게 학대한다는 것은 너무나 세상에 있지 못할 일이다. 자기는 주인 새서방님에게 개나 돼지같이 얻어맞는 것이 마땅한 이상으로 마땅하지만은, 선녀와 짐승의 차가 있는 색시가 자기와 똑같이 얻어맞는 것은 너무 무서운 일이다. 어린 주인이 천벌이나 받지 않을까 두렵기까지 하였다.

어떠한 달밤, 사면은 고요 적막하고 별들은 드문드문 눈들만 깜박이며 반달이 공중에 뚜렷이 달려 있어 수은으로 세상을 깨끗하게 닦아낸 듯이 청명한데, 삼룡이는 검둥개 등을 쓰다듬으며 바깥 마당 멍석 위에 비슷이 드러누워 하늘을 쳐다보며 생각하여 보았다.

주인 색시를 생각하면 공중에 있는 달보다도 더 곱고 별들보다도 더 깨끗하였다. 주인 색시를 생각하면 달이 보이고 별이 보이었다. 삼라만상을 씻어 내는 은빛보다도 더 흰 달이나 별의 광채보다
_{우주속에 존재하는 모든 사물과 현상}
도 그의 마음이 아름답고 부드러운 듯하였다. 마치 달이나 별이 땅

에 떨어져 주인 새아씨가 된 것도 같고, 주인 새아씨가 하늘에 올라가면 달이 되고 별이 될 것 같았다.

더구나 자기를 어린 주인이 때리고 꼬집을 때 감히 입 벌려 말은 하지 못하나 측은하고 불쌍히 여기는 정이 그의 두 눈에 나타나는 것을 다시 생각할 때, 그는 부들부들한 개 등을 어루만지면서 감격을 느끼었다. 개는 꼬리를 치며 자기를 귀여워하는 줄 알고 벙어리의 손을 핥았다.

삼룡이의 마음은 주인 아씨를 동정하는 마음으로 가득 찼다. 또는 그를 위하여서는 자기의 목숨이라도 아끼지 않겠다는 의분에 넘치었다. 그것이 마치 살구를 보면 입 속에 침이 도는 것같이 본능적으로 느끼어지는 감정이었다.

_{전개} 오 생원 아들의 결혼

새댁이 온 뒤에 다른 사람들은 자유로운 안출입을 금하였으나 벙어리는 마치 개가 맘대로 안에 출입할 수 있는 것 같이 아무 의심 없이 출입할 수가 있었다.

부시쌈지 쳐서 불똥이 일어나게 하는 부싯돌을 넣어 두는 주머니.

하루는 어린 주인이 먹지 않던 술이 잔뜩 취하여 무지한 놈에게 맞아서 길에 자빠진 것을 업어다가 안으로 들여다 눕힌 일이 있었다. 그때에 아무도 안에 있지 않고 다만 새색시 혼자 방에서 바느질을 하고 있다가 이 꼴을 보고 벙어리의 충성된 마음이 고마워서, 그후에 쓰던 비단 헝겊 조각으로 부시쌈지 하나를 만들어 준 일이 있었다.

이것이 새서방님의 눈에 띄었다. 그래서 색시는 어떤 날 밤, 자던 몸으로 마당 복판에 머리를 푼 채 내동댕이가 쳐졌다. 그리고 온몸에 피가 맺히도록 얻어맞았다.

이것을 본 벙어리는 또 다시 의분의 마음이 뻗쳐 올라왔다. 그래서 미친 사자와 같이 뛰어들어가 새서방님을 내어던지고 새색시를 둘러메었다. 그리고는 나는 수리와 같이 바깥 사랑 주인 영감 있는 곳으로 뛰어가 그 앞에 내려놓고 손짓과 몸짓을 열 번 스무 번 거푸하며 하소연하였다.

그 이튿날 아침에 그는 주인 새서방님에게 물푸레로 얼굴을 몹시 얻어맞아서 한쪽 뺨이 눈을 얼러서 피가 나고 주먹같이 부었다. 그 때릴 적에 새서방의 입에서 나오는 말은

"이 흉칙한 벙어리 같으니, 내 여편네를 건드려!"

하며 부시쌈지를 뺏어서 갈가리 찢어 뒷간에 던졌다.

"그리고 이놈아! 인제는 주인도 몰라보고 막 친다. 이런 것은 죽여야 해!"

하고 채찍으로 그의 뒷덜미를 갈겨서 그 자리에 쓰러지게 하였다.

벙어리는 다만 두 손으로 빌 뿐이었다. 말은 못하고 고개를 몇 백 번 코가 닿도록 그저 용서해 달라고 빌기만 하였다. 그러나 그의 가슴에는 비로소 숨겨 있던 정의감(正義感)이 머리를 들기 시작하였다. 그는 아픈 것을 참아 가면서도 북받치는 분노를 억제하였다.

그 때부터 벙어리는 안방에 들어가지 못하였다. 이 들어가지 못하는 것이 더욱 벙어리로 하여금 궁금증이 나게 하였다. 그 궁금증이라는 것이 묘하게 빛이 변하여 주인 아씨를 뵙고 싶은 심정으로

변하였다. 뵙지 못하므로 가슴이 타올랐다. 몹시 애상(哀傷)의 정
서가 그의 가슴을 저리게 하였다. 한 번이라도 아씨를 뵈올 수가 있
으면 하는 마음이 나더니 그의 마음의 엿은 녹기를 시작하였다. 센
티멘털한 가운데에서 느끼는 그 무슨 정서는 그에게 생명 같은 희
열을 주었다. 그것과 자기의 목숨이라도 바꿀 수 있을 것 같았다. 어
떤 때는 그대로 대강이로 담을 뚫고 들어가고 싶도록 주인 아씨를
뵙고 싶은 것을 꾹 참을 때도 있었다.

그후로부터는 밥을 잘 먹을 수가 없었다. 일도 손에 잡히지 않았
다. 틈만 있으면 안으로 들어가고 싶었다.

주인이 전보다 많이 밥과 음식을 주고 더 편하게 하여 주었으나
싫었다. 그는 밤에 잠을 자지 않고 집 가장자리로 돌아다녔다.

위기 새색시에 대한 오해로 인한 갈등 심화

하루는 주인 새서방님이 술이 취하여 들어오더니 집안이 수선수
선하여지며 계집 하인이 약을 사러 갔다 들어오는 것을 보고 그 계
집 하인을 붙잡았다. 그리고 무엇이냐고 물었다.

계집 하인은 한 주먹을 뒤통수에 대고 얼굴을 젊다고 하는 뜻으
로 쓰다듬으며 둘째손가락을 내밀었다. 그것은 그 집 주인은 엄지
손가락이요, 둘째손가락은 새서방님이라는 뜻이요, 주먹을 뒤통수
에 대는 것은 여편네라는 뜻이요, 얼굴을 문지르는 것은 예쁘다는
뜻으로 벙어리에게 쓰는 암호다.

그런 뒤에 다시 혀를 내밀고 눈을 뒤집어쓰는 형상을 하고 두 팔
을 착 벌리고 뒤로 자빠지는 꼴을 보이니, 그것은 사람이 죽게 되었

거나 앓을 적에 하는 말 대신의 손짓이다.

벙어리는 눈을 크게 뜨고 계집하인에게 한 발짝 가까이 들어서며 놀라는 듯이 한참이나 있었다.

그의 가슴은 무섭게 격동하였다. 자기의 그리운 주인 아씨가 죽었다는 말이나 아닌가, 그는 두 주먹을 마주치며 한숨을 쉬었다. 그리고는 자기 방에 무엇을 생각하는 것처럼 두어 시간이나 두 눈만 껌벅껌벅하고 앉았었다.

그는 밤이 깊어 갈수록 궁금증 나는 사람처럼 °일어섰다 앉았다 하더니8 두 시나 되어서 바깥으로 나가서 뒤로 돌아갔다.

그는 도둑놈처럼 조심스럽게 바로 건넌방 뒤 미닫이 앞 담에 서서 주저주저하더니 담을 넘었다. 가까이 창 앞에 서서 문틈으로 안을 살피다가 그는 진저리를 치며 물러섰다.

어두운 밤에 그의 손과 발이 마치 그 뒤에 서 있는 감나무 잎같이 떨리더니 그대로 문을 박차고 뛰어 들어갔을 때, 그의 팔에는 주인 아씨가 한 손에 길다란 명주 수건을 들고서 한 팔로 벙어리의 가슴을 밀치며 뻗대었다. 벙어리는 다만 눈이 뚱그래서 '에헤' 소리만 지르고 그 수건을 뺏으려 애쓸 뿐이다.

집안이 야단났다.

"집안이 망했군!"

"어디 사내가 없어서 벙어리를!"

"어떻든 알 수 없는 일이야!"

---

8 내적 갈등이 고조됨을 표현.

하는 소리가 이 구석 저 구석에서 수군댄다.

절정 삼룡이와 새색시에 대한 돌이킬 수 없는 오해

그 이튿날 아침에 벙어리는 온 몸이 짓이긴 것이 되어 마당에 거꾸러져 입에서 피를 토하며 신음하고 있었다. 그 곁에서는 새서방이 쇠줄 몽둥이를 들고서 문초를 한다.

"이놈!"

하고는, 음란한 흉내는 모조리 하여 가며 건넌방을 가리킨다. 그러나 벙어리는 손을 내저을 뿐이다. 또 몽둥이에는 살점이 묻어 나왔다. 그리고 피가 흘렀다.

벙어리는 타들어 가는 목으로 소리도 못 내며 고개만 내젓는다. 그는 피를 토하며 거꾸러지며 이마를 땅에 비비며 고개를 내흔든다. 땅에는 피가 스며든다. 새서방은 채찍 끝에 납 뭉치를 달아서 가슴을 훔쳐 갈겼다가 힘껏 잡아 뽑았다. 벙어리는 그대로 거꾸러지며 말이 없었다.

새서방은 그래도 시원치 못하였다. 그는 어제 벙어리가 새로 갈아 놓은 낫을 들고 달려왔다. 그는 그 시퍼렇게 날선 낫을 번쩍 들었다. 그래서 벙어리를 찌르려 할 때 벙어리는 한 팔로 그것을 받았고 집안 사람들은 달려들었다. 벙어리는 낫을 뿌리쳐 저리로 내던졌다.

주인은 집안이 망하였다고 사랑에 누워서 모든 일을 들은 체 만 체 문을 닫고 나오지를 아니하며, 집안에서는 색시를 쫓는다고 야단이다.

그날 저녁 때 벙어리는 다시 끌려 나왔다. 그때에는 주인 새서방

이 그의 입던 옷과 신을 주며 눈을 부릅뜨고 손을 멀리 가리키며

"가! 인제는 우리 집에 있지 못한다."

하였다. 이 소리를 듣는 벙어리는 기가 막혔다. 그에게는 이 집 외에 다른 집이 없다. 살 곳이 없었다. 자기는 언제든지 이 집에서 살고 이 집에서 죽을 줄밖에 몰랐다. 그는 새서방님의 다리를 끼어 안고 애걸하였다. 말도 못하는 것을 몸짓과 표정으로 간곡한 뜻을 표하였다. 그러나 새서방님은 발길로 지르고 사람을 불렀다.

"이 놈을 내쫓아라."

벙어리는 죽은 개 모양으로 끌려나갔다. 그리고 대강팽이를 개천 구석에 들이박히면서 나가 곤드라졌다가 일어서서 다시 들어오려 할 때에는 벌써 문이 닫혀 있었다.

그는 문을 두드렸다. 그의 마음으로는 주인 영감을 찾았으나 부를 수가 없었다. 그가 날마다 열고 날마다 닫던 문이 자기가 지금은 열려고 하나 자기를 내어쫓고 열리지를 않는다. 자기가 건사하고¹ 자기가 거두던 모든 것이 오늘에는 자기의 말을 듣지 않는다. 어려서부터 지금까지 모든 정성과 힘과 뜻을 다하여 충성스럽게 일한 값이 오늘에는 이것이다.

¹ 자기 일을 잘 돌보아 수습함

그는 비로소 믿고 바라던 모든 것이 자기의 원수란 것을 알았다. 그는 모든 것을 없애 버리고 자기도 또한 없어지는 것이 나은 것을 알았다.

그 날 저녁 밤은 깊었는데 멀리서 닭이 우는 소리와 함께 개 짖는 소리만이 들린다.

난데없는 화염이 벙어리 있던 오 생원 집을 에워쌌다. 그 불을 미리 놓으려고 준비하여 놓았는지 집 가장자리 쪽을 돌아가며 흩어놓은 풀에 모조리 돌라 붙어 공중에서 내려다보는 집의 윤곽이 선명하게 보일 듯이 타오른다.

불은 마치 피 묻은 살을 맛있게 잘라먹는 요마(妖魔)의 혓바닥처럼 날름날름 집 한 채를 삽시간에 먹어 버리었다. 이와 같은 화염 속으로 뛰어들어가는 사람이 하나 있으니, 그는 다른 사람이 아니라 낮에 이 집을 쫓겨난 삼룡이다.

요망하고 간사스러운 마귀

그는 먼저 사랑에 가서 문을 깨뜨리고 주인을 업어다가 밭 가운데 놓고 다시 들어가려 할 제 그의 얼굴과 등과 다리가 불에 데어 쭈그러져 드는 것을 알지 못하였다.

서까래 마룻대에서 도리나 보에 걸쳐 가로 지른 나무.

그는 건넌방으로 뛰어들었다. 그러나 색시는 없었다. 다시 안방으로 뛰어들었다. 그러나 또 없고 새서방이 그의 팔에 매달리어 구원하기를 애원하였다. 그러나 그는 그것을 뿌리쳤다. 다시 서까래에 불이 붙어 시뻘겋게 타면서 그의 머리에 떨어졌다. 그러나 그는 그것을 몰랐다. 부엌으로 가 보았다. 거기서 나오다가 *문설주[9]가 떨어지며 왼팔이 부러졌다. 그러나 그것도 몰랐다. 그는 다시 광으로 가 보았다. 거기도 없었다. 그는 다시 건넌방으로 들어갔다. 그때야 그는 새아씨가 타 죽으려고 이불을 쓰고 누워 있는 것을 보았다. 그는 새아씨를 안았다. 그리고는 길을 찾았다. 그러나 나갈 곳이 없었다. 그는 하는 수 없이 지붕으로 올라갔다. 그는 비로소 자기의 몸이 자유롭지 못한 것을 알았다. 그러나 그는 자기가 여태까지 맛보지 못한 즐거운 쾌감을 자기의 가슴에 느끼는 것을 알았다. 새아씨를 자기 가슴에 안았을 때 그는 이제 처음으로 살아난 듯하였다. 그가 자기의 목숨이 다한 줄 알았을 때, 그 새아씨를 내려놓을 때에는 그는 벌써 목숨이 끊어진 뒤였다. 집은 모조리 타고 벙어리는 색시를 무릎에 뉘고 있었다. 그의 울분은 그 불과 함께 사라졌을는지! °평화롭고 행복스러운 웃음이 그의 입 가장자리에 엷게 나타났을 뿐이다.¹⁰

결말 삼룡의 방화와 죽음

출전 : 『여명』, 1924

---

9 문의 양쪽에 세워 문짝을 끼워 달게 한 기둥.
10 육체의 한계를 초월한 정신적 사랑의 승화.

　십사오 년 전, '내'가 열 살 안팎인 때의 일이다. 청엽정을 연화봉이라고 부를 무렵, 그 동네에는 인심이 후해서 사람들의 존경을 받고 세력도 있는 오 생원이라는 사람이 살고 있었다. 오 생원의 집에는 삼룡이라는 벙어리 하인이 있었는데, 볼품없는 외모에 흉한 걸음의 그는 마음이 진실하고 충성스러우며 부지런해서 주인의 사랑을 받고 있었다.

　한편, 버릇이 없고 성격이 고약한 주인 아들은 삼룡이를 괴롭히나 삼룡이는 언제나 참는다. 주인 아들은 현숙한 처녀에게 장가를 들었다. 그러나 매사에 훌륭한 신부와 비교되자 열등감에 사로잡힌 그는 자기 아내를 미워한다. 삼룡이는 그것을 안타까워한다.

　주인에게 충성스러운 삼룡이에게 새아씨는 부시쌈지를 하나 만들어 주었는데, 그것이 말썽이 되어 삼룡이는 주인 아들에게 죽도록 맞은 뒤 내쫓긴다. 어느 날, 삼룡이는 주인 아씨가 중병에 걸렸다는 말을 듣고 걱정 끝에 그 방에 들어갔다가 들켜서 오해를 받고는 매를 맞고 쫓겨난다. 그날 밤, 그 집에 불이 난다.

　불길 속으로 뛰어든 삼룡이는 주인을 구출해 낸 다음 다시 불 속으로 들어가, 타 죽으려고 불 속에 누워 있는 새아씨를 찾아내 안고 지붕으로 올라간다. 삼룡이는 타오르는 불꽃 속에서 평화롭고 행복한 미소를 짓는다.

작가파일

백조 1922년에 창간된 순문학 동인지. 홍사용, 박종화, 현진건, 이광수 등이 참여했다. 3호로 끝났지만 각 권마다 중요한 작품들이 수록되었다.

나도향 1902~1926

소설가. 본명은 경손(慶孫), 필명은 빈(彬)이다. 서울에서 태어났고, 문학 수업을 위해 일본으로 갔으나 학비 부족으로 귀국, 『백조』의 동인으로 활동한다. 초기에는 감상적 낭만주의 계열의 작품을 썼으나, 이후 객관적 사실주의 경향의 작품을 쓰면서 독자적인 작품 세계를 개척했다. 그는 신문학 초기에 낭만주의 운동을 벌였다는 점, 그만의 독특한 낭만성을 문학으로 심화시켜 놓았다는 점, 그리고 1920년대 한국인의 비애(슬픔)를 문학 작품을 통해 표현했다는 점에서 높이 평가되고 있다. 주요 작품에 「물레방아」, 「뽕」, 「벙어리 삼룡이」 등이 있다.

영화 〈뽕〉 나도향 원작 소설을 1980년대에 영화화한 〈뽕〉의 포스터.

*낭만주의 18세기 말에서 19세기 초에 걸쳐 유럽에서 일어난 예술상의 사조(思潮). 고전주의에 반대하여 자유로운 공상의 세계를 동경하였으며, 개성과 감성 정서를 중시하였다.

1 이 작품에서 '불'이 갖는 상징적 의미에 대해 말해 보자.

2 벙어리 삼룡이는 추한 외모를 지녔지만 영혼만은 순결하다. 우리는 흔히 사람을 외모를 보고 판단하려는 경향이 있다. 삼룡이처럼 외모와는 달리 순결한 영혼을 지니고 있는 사람을 우리 주위에서 찾아보자.

이 소설은 1934년 「신동아」에 발표된 것으로 일제 강점하의 사회 상황을 있는 그대로 보여 준다.

1930년대의 우리나라는 일제의 침탈과 °세계 경제공황의 여파로 극심한 침체 상태에 빠져 있었다. 그런 상태에서 3·1운동 이후 일제의 문화 정책으로 수많은 지식인층이 양산되었는데, 이 소설은 바로 그 지식인들의 소외되고 궁핍한 경제상을 풍자와 냉소적인 어조로 보여 준다.

소설에 등장하는 P와 H와 M, 그리고 돈 때문에 아이를 가졌음에도 몸을 팔 수밖에 없는 술집 작부 등은 그 시대의 힘없는 약자들로 식민지 탄압 정책에서 희생된 인간들이다. 우리는 이 작품을 통해 1930년대의 사회상을 작가가 어떻게 드러내어 비판하고 있는지에 주목할 필요가 있다. 채만식은 긴 문장을 위주로 하는 문체와 판소리 어투에서나 볼 수 있는 노골적인 구어체의 사용 등을 통해

채만식

레디메이드 인생

당대 부정적인 인물과 사회에 대해 누구보다 사실적으로 풍자한* 풍자문학의**

독보적 존재이기 때문이다.

● 세계 경제공황 1929년 미국에서 일어난 경제공황.

●● 풍자문학 풍자문학은 우리 문학이 지니고 있는 본질적인 요소의 하나로 대상을 조롱, 멸시, 농

락하는 것을 말함. 비판적 의도가 노골적이며 인간의 약점, 인물과 사회 현실의 모순, 불합리, 결

점 등을 파헤치는 수법으로 조선시대의 우화소설(寓話小說, 동물이나 식물을 의인화하여 쓴 소

설로 교훈적이고 풍자적임)과 박지원의 「양반전」, 「호질(虎叱)」 등에 계승되어 온 문학 양식임.

핵심정리

갈래 단편소설, 풍자소설
배경 시간 : 일제의 수탈이 심해져 가던 1930년대
　　　공간 : 경성
시점 3인칭 전지적 작가 시점
주제 식민지 하에서 지식인 실업자가 겪는 고통과 좌절

"머 어데 빈자리가 있어야지."

K 사장은 안락의자에 폭신 파묻힌 몸을 뒤로 벌떡 젖히며 하품을 하듯이 시원찮게 대답을 한다. 미상불 두 팔을 쭉 내뻗고 기지개라
아닌 게 아니라, 과연
도 한 번 쓰고 싶은 것을 겨우 참는 눈치다.

이 K 사장과 둥근 탁자를 사이에 두고 공손히 마주 앉아 얼굴에는 '나는 선배인 선생님을 극히 존경하고 앙모합니다.' 하는 비굴한 미소를 띠고 있는 구변 없는 구변을 다하여 직업 동냥의 구걸(求
말솜씨
乞) 문구를 기다랗게 늘어놓던 P……P는 그러나 취직 운동에 백전백패(百戰百敗)의 *노졸(老卒)[1] 인지라 K씨의 힘 아니 드는 한마디의 거절에도 새삼스럽게 *실망[2] 도 아니한다.

대답이 그렇게 나왔으니 인제 더 졸라도 별수가 없는 것이지만 헛일삼아 한 마디 더 해보는 것이다.

"글쎄올시다. 그러시다면 지금 당장 어떻게 해 주십사고 무리하게

이 소설에는 P와 M, H가 등장한다.
주인공 P는 동경 유학을 마치고 잡지사에 근무한 적이 있는
실업자이고, 역시 실업자이면서 P의 친구인 M과 H가 있다.

조를 수야 있겠습니까마는…… 그러면 이담에 결원이 있다든지 하면 그때는 꼭……."

이렇게 말하고 P는 지금까지 외면하였던 얼굴을 돌리어 K사장을 조심성 있게 바라보았다. 그러나 K 사장은 우선 고개를 좌우로 두어 번 흔들고는 여전히 하품 섞인 대답을 한다.

"결원이 그렇게 나나 어디…… 그리고 간혹 가다가 결원이 난다 더래도 유력한 후보자가 몇 십 명씩 밀려 있어서……."

P는 아무 말도 아니하고 고개를 숙였다. 인제는 영영 틀어진 것이다. '안녕히 계십시오.' 하고 일어서는 것밖에는 별 수가 없다.

별 수가 없이 되었으니 '네 그렇습니까.' 하고 선선히 일어서야

---

1 반어적인 표현으로 식민지 상황에서의 시대적 모순상을 보여 줌.
2 여기서 '실망'은 P의 자포자기한 심정을 나타냄.

할 것이지만 지금까지의 은근히 모시고 있던 태도에 비하여 그것이 너무 낮간지러운 표변임을 알기 때문에 실망이나 하는 체하고 잠시 더 앉아 있는 것이다.

마음이나 행동 따위가 갑자기 달라짐

"거 참 큰일들 났어."

K 사장은 P가 낙심해 하는 것을 보고 밑천이 들지 아니하는 일이라서 알뜰히 걱정을 나누어준다.[3]

"저렇게 좋은 청년들이 일거리가 없어서 저렇게들 애를 쓰니."

P는 속으로 코똥을 '흥' 하고 뀌었으나 아무 대답도 아니하였다. K사장은 P가 이미 더 조르지 아니하리라고 안심한지라 먼저 하품 섞어 '빈자리가 있어야지.' 하던 시원찮은 태도는 버리고 그가 늘 흉중에 묻어두었다가 청년들에게 한바탕씩 해들려 주는 훈화를 꺼낸다.

가슴

"그렇지만 내가 늘 말하는 것인데…… 저렇게 취직만 하려고 애를 쓸 게 아니야. 도회지에서 월급 생활을 하려고 할 것만이 아니라 농촌으로 돌아가서……."

"농촌으로 돌아가서 무얼 합니까?"

P는 말중동을 잘라 불쑥 반문하였다. 그는 기왕 취직 운동은 글러진 것이니 속 시원하게 시비라도 해보고 싶은 것이다.[4]

"허 저게 다 모르는 소리야…… 조선은 농업국이요, 농민이 전 인구의 팔할이나 되니까 조선 문제는 즉 농촌 문제라고 볼 수 있는데, 아 지금 농촌에서 할 일이 오죽이나 많다구?"

"저는 그 말씀 잘 못 알아듣겠는데요. 저희 같은 사람이 농촌에 가서 할 일이 있을 것 같잖습니다."

"그럴 리가 있나! 가령 응…… 저…….”

K사장은 끝내 대답을 하지 못한다. 그것은 무리가 아니다.

그가 구직하러 오는 지식 청년들에게 농촌으로 돌아가 농촌 사업을 하라는 것과(다음에 또 꺼내는 일거리를 만들라는 것은) 결코 현실에서 출발한 이론적 근거가 있는 것이 아니었다. 그저 지식 계급의 구직군이 넘치는 것을 보고 막연히 '농촌으로 돌아가라.', '일을 만들어라.'고 해왔을 따름이다. 따라서 거기에 대한 구체적 플랜이 있는 것도 아니었던 것이다. 한편으로는 한 행셋거리로 또 한편으로는 구직군 격퇴의 수단으로 *자룡이 헌 창 쓰듯[5] 썼을 뿐이지…….

그리하여 그동안까지는 대개는 그 막연한 설교를 들은성 만성하고 물러가는 것이 그들의 행투였었는데 오늘 이 P에게만은 그렇지가 아니하여 불가불 구체적 설명을 해 주어야 하게 말머리가 돌아
<small>행동이나 버릇</small>
선 것이다. 그래서 그는 떠듬떠듬 생각해가면서 생각나는 대로 주워섬기는 것이다.

"가령 응…… 저…… 문맹 퇴치 운동도 있지. 농민의 구할은 언문도 모른단 말이야! 그리고 *생활 개선 운동[6]도 좋고…… 헌신적
<small>한글</small>
으로.”

---

3 K사장의 위선적인 면모가 드러남.

4 인물 심리의 직접 제시로 전지적 작가 시점임을 알게 해 줌.

5 『삼국지』의 상산(常山) 조자룡이 창을 휘두르듯 손쉽게.

6 당시 이러한 운동으로 동아일보 주최의 '브나로드 운동', 조선일보 주체의 '문맹 퇴치 운동', 조선총독부의 '농촌 진흥 운동'이 있었음.

"헌신적으로요?"

"그렇지…… 할 테면 헌신적으로 해야지."

"무얼 먹고 헌신적으로 그런 사업을 합니까……? 먹을 것이 있어서 그런 농촌 사업이라도 할 신세라면 이렇게 취직을 못해서 애를 쓰겠습니까?"

"허! 그게 안된 생각이야…… 자기가 먹고 살 재산이 있으면서 사회를 위해서 일도 아니 하고 번들번들 논다는 것은, 그것은 타락된 생각이야."

P는 K 사장의 억단을 내세우는 것을 보고 속으로 싱그레 웃었다.
억지 생각
"그렇지만 지금 조선 농촌에서는 문맹 퇴치니 생활 개선이니 합네 하고 손끝이 하얀 대학이나 전문학교 졸업생들이 모여오는 것을 그다지 반겨하기는커녕 머릿살을 앓을 것입니다…… 농민이 우매하다든지 문화가 뒤떨어졌다든지 또 생활이 비참한 것의 근본 원인이, 기역 니은을 모른다든가 생활 개선을 할 줄 몰라서 그런 것이 아니니까요. 그리고 조선의 지식 청년들이 모두 그런 °인도주의자⁷가 되어집니까?"

"되면 되지 안될 건 무어야?"

"그건 인도주의란 그것이 한개 공상이니까 그렇겠지요."

"허허…… 그러면 P군은 XX주의잔가?"

"되다가 찌부러진 °찌스레깁⁸니다. 철저한 XX주의자라면 이렇게 선생님한테 와서 취직 운동도 아니합니다."

"못 써. 그렇게 과격한 사상으로 기울어서야 쓰나…… 정 농촌으로 돌아가기가 싫거든 서울서라도 몇 사람 마음 맞는 사람이 모여서 무슨 일을 — 조국에 신문이 모자라니 신문을 하나 경영하든지 또 조그맣게 하자면 잡지 같은 것도 좋고 또 영리사업도 좋고…… 그러면 취직 운동 하는 것보담 훨씬 낫지 않은가?"

"좋을 줄이야 압니다만 누가 돈을 내놓습니까?"

"그거야 성의 있게 하면 자연 돈도 생기는 거지."

P는 엉터리없는 수작을 더 하기가 싫어 웬만큼 말을 끊고 일어섰다.

속에 있는 말을 어느 정도까지 활활 해준 것이 시원은 하나 또 취직이 글렀고나 생각하니 입안에서 쓴 침이 고여 나온다.

복도에서 편집국장 C를 만났다. P는 C와 각별히 사이가 가까운 터이었다.

"사장 만나러 왔소?"

C는 묻는 것이다.

"아니."

P는 거짓말을 하였다. °그는 지금 K 사장을 만나 거절당한 이야기를 하기가 어쩐지 창피하기도 할 뿐 아니라 또 전부터 C더러 K 사장에게 자기의 취직 운동을 부탁해왔던 터인데 직접 이렇게 찾아와서 만났다고 하기가 혐의쩍기도하여 시치미를 뚝 뗀 것이다.⁹
_{꺼리고 미워지다}

"아주 단념하오."

C는 자기에게 부탁한 취직 운동을 단념하란 말이다. °그러면 벌써 C가 K 사장에게 이야기를 하였고 그 결과 일이 틀어진 것을 P는

---

7 휴머니즘(humanism), 모든 인류의 공존과 복지를 실현하려는 사상 혹은 그런 사람.

8 '찌스레기'는 풍자의 대상이 되고 있는 자신에 대한 자학적 표현.

9 P의 체면과 허위의식이 드러난 심리 서술.

모르고 와서 헛노릇을 한바탕 한 것이다.[10]

P는 먼저 C를 만나보지 아니하고 K 사장을 만난 것을 후회했다. C는 잠깐 멈췄던 말을 계속한다.

"어제 아침에 사장더러 P군의 사정이 퍽 난처하니 어떻게 생각해 봐 주면 좋겠다고 여러 말을 했다가 코 떼었소. 신문사가 구제기관이 아닌데 남의 사정이 난처한 것을 어떻게 하라느냐고 그럽디다…… 하기야 그게 옳은 말이지만."

_{무안을 당하다}

신문사가 구제기관이 아니라고 한다는 그 말이 P의 머리에는 침 끝으로 찌르는 것 같이 정신이 들게 울리었다.

'흥 망할 자식들!'

P는 혼잣말로 이렇게 두덜거리며 C와 작별도 아니하고 밖으로 나와 버렸다.

> **발단** P의 취직 운동과 K 사장의 궤변(이지에 닿지 않는 말)

P는 광화문 네거리의 기념비각(紀念碑閣) 옆에서 발길을 멈추고 망설였다. 어디로 갈까 하는 것이다.

*봄 하늘이 맑게 개었다. 햇볕이 살이 올라 포근히 온몸을 싸고돈다. 덕석 같은 겨울외투를 벗어버리고 말쑥말쑥하게 새로 지은 경쾌한 춘추복의 젊은이들이 봄볕처럼 명랑하게 오고가고 한다.[11]

멋장이로 차린 여자들의 목도리가 나비같이 보드랍게 나부낀다. 그 오동보동한

덕석 추울 때 소의 등을 덮어 주기 위해 멍석처럼 만든 것.

비단 다리를 바라다보노라니 P는 전에 먹던 치킨 카츠가 생각이 났다.

창을 활활 열어젖힌 전차 속의 봄 사람들을 보니 P도 전차를 잡아 타고 교외나 나가고 싶었다. *그러나 크림 맛을 못 본 지 몇 달이 된 낡은 구두, 구기적거린 양복바지, 양편 포켓이 오뉴월 쇠X알같이 축 처진 양복저고리, 땟국 묻은 와이셔츠와 배배 꼬인 넥타이, 엿장수 가 이전어치 주마던 낡은 모자, 이렇게 아래로부터 훑어 올려보며 생각하니 교외의 산보는커녕 얼핏 돌아가서 차라리 이불을 뒤쓰고 드러눕고만 싶었다.[12]

마침 기념비각 앞에 자동차 하나가 머물더니 서양 사람 내외가 내린다. 그들은 사내가 설명하고 여자가 듣고 하면서 기념비각을 앞뒤로 구경한다. 여자는 사진까지 찍는다.

대원군이 만일 이 꼴을 본다면…… 이렇게 생각하매 P는 저절로 미소가 입가에 떠올랐다.

대원군은 한말(韓末)의 *'돈키호테'[13]였다. 그는 바가지를 쓰고 벼락을 막으려 하였다. 바가지는 여지없이 부스러졌다. 역사는 조 선이라는 조그마한 땅덩어리나마 너무 오래 뒤떨어뜨려 놓지 아니 하였다.

---

10 사건의 요약적 진술로 P의 어리석음이 드러남.

11 P의 심리와 대조되는 자연적 배경.

12 외양 묘사를 통해 나타내는 P의 가난.

13 세르반테스의 소설. 저돌적이고 과대망상적인 인간 유형을 그림.

*갑신정변(甲申政變)[14]의 싹이 트기 시작하여 가지고 <u>한일합방</u>
₁₉₁₀
의 급격한 역사적 변천을 거치어 자유주의의 사조는 <u>기미년</u>에 비로
₁₉₁₉
소 확실한 걸음을 내어디디었다.

자유주의의 새로운 깃발을 내어걸은 '시민(市民)'의 기세는 등
등하였다.

'양반? 흥! 누구는 발이 하나길래 너희만 양발(반)이라느냐?'

'법률 앞에서는 만인이 평등이다.'

'돈…… 돈이 있으면 무어든지 할 수 있다.'

신흥 *부르주아[15]는 민주주의의 간판을 이용하여 노동자 농민의
등을 어루만지고 경제적으로 유력한 봉건 귀족과 악수를 하는 동시
에 지식 계급을 대량으로 주문하였다.

*유자천금(遺子千金)이 불여 교자일권서(不如敎子一券書)[16]라
는 봉건시대의 진리가 자유주의의 세례를 받아 일단의 더 발전된
얼굴로 민중을 열광시켰다.

'배워라, 글을 배워라…… 지식만 있으면 누구나 양반이 되고 잘
살 수가 있다.'

이러한 정열의 외침이 방방곡곡에서 소스라쳐 일어났다.

*신문과 잡지가 붓이 닳도록 향학열을 고취하고 피가 끓는 지사
(志士)들이 향촌으로 돌아다니며 세치의 혀를 놀리어 권학(勸學)
을 부르짖었다.[17]

'배워라! 배워야 한다. 상놈도 배우면 양반이 된다.'

'가르쳐라! 논밭을 팔고 집을 팔아서라도 가르쳐라. 그나마도 못
하면 고학이라도 해야 한다.'

'공자왈 맹자왈은 이미 시대가 늦었다. 상투를 깎고 신학문을 배워라.'

재등 총독이 문화정치의 간판을 내어걸고 골고루 학교를 증설하였다. 보통학교의 교장이 감발을 하고 촌으로 돌아다니며 입학을 권유하였다. 생도에게는 월사금을 받기커녕 교과
서와 학용품을 대어주었다.

발싸개

민간의 유지는 돈을 거둬 학교를 세웠다. 민립
대학도 생기려다가 말았다. 청년회에서 야학을
설시하였다. '갈돕회'가 생겨 갈돕만주 외우는
소리가 서울의 신풍경을 이루었고 일반은 고학생
을 존경하였다.

고학생들의 단체

재등 총독 사이토 마코토(1858~1936).
1919년 제3대 조선 총독으로 부임하여 이
전의 무단통치를 지양하고 형식적인 문화
통치를 표방하여 한민족에 대해 회유책
을 씀.

여학생이라는 새 숙어가 생기고 신여성이라는
새 여인이 생기어났다.

이와 같이 조선의 관민이 일치되어 민중의 지식 정도를 높이는
데 진력을 하였다. 즉 그들 관민이 일치하여 계획한 조선의 문화 정
도는 급속도로 높아갔다.

그리하여 민중의 지식 보급에 애쓴 보람은 나타났다.

---

14 1884년 김옥균, 박영효 등의 개화파가 민씨 일파를 몰아내고 혁신정부를 세우기 위해
   일으킨 정변.
15 부르주아(bourgeois)는 자본가라는 의미로 자본주의 사회에서의 부자를 가리킴. 프롤
   레타리아와 반대되는 개념.
16 자식에게 천금을 물려주는 것보다 한 권의 책이라도 가르치는 게 낫다는 뜻.
17 그 당시 실직 인텔리를 양산하게 된 배경.

*면서기를 공급하고 순사를 공급하고 군청 고원을 공급하고 간이농업학교 출신의 농사개량 기수(技手)를 공급하였다.

은행원이 생기고 회사원이 생겼다. 학교 교원이 생기고 교회의 목사가 생겼다. 신문 기자가 생기고 잡지 기자가 생겼다. 민중의 지식 정도가 높았으니 신문 잡지 독자가 부쩍 늘고 의사와 변호사의 벌이가 윤택하여졌다.[18]

소설가가 원고료를 얻어먹고 미술가가 그림을 팔아먹고 음악가가 광대의 천호에서 벗어났다.
_{천하게 부르는 이름}
인쇄소와 책 장사가 세월을 만나고 양복점, 구둣방이 늘비하여졌다.

연애결혼에 목사님의 부수입이 생기고 문화주택을 짓느라고 청부업자가 부자가 되었다. *그리하여 부르주아는 '가보'를 잡고, 공부한 일부의 지식군은 '진주(다섯 끗)'를 잡았다.[19]

그러나 노동자와 농민은 무대를 잡았다. 그들에게는 조선의 문화의 향상이나 민족적 발전이나가 도리어 무거운 짐을 지워 주었을지언정 덜어 주지는 아니하였다. *그들은 배[梨]주고 속 얻어먹은 셈이다.[20]

*인텔리[21]…… 인텔리 중에도 아무런 손끝의 기술이 없이 대학이나 전문학교의 졸업 증서 한 장을 또는 조그마한 보통 상식을 가진 직업 없는 인텔리…… 해마다 천여 명씩 늘어가는 인텔리……
뱀을 본 것은 이들 인텔리다.
_{위험에 처한 것}
부르주아의 모든 기관이 포화 상태가 되어 더 수요가 아니 느니 그들은 결국 꾀임을 받아 나무에 올라갔다가 흔들리우는 셈이다. 개밥의 도토리다.

인텔리가 아니었으면 차라리 …… 〈원문에서 7-8자 정도 삭제됨〉 …… 노동자가 되었을 것인데 인텔리인지라 그 속에는 들어갔다가도 도로 달아나오는 것이 구십구 퍼센트다. *그 나머지는 모두 어깨가 축 처진 무직 인텔리요 무기력한 문화 예비군 속에서 푸른 한숨만 쉬는 초상집의 주인 없는 개들이다.[22] 레디메이드 인생이다.

총독부 1910년 국권 침탈로부터 1945년 8·15 광복까지 36년 간 조선 민중을 약탈하고 식민 통치한 기관.

"제 — 길!"

P는 혼자 두덜거리며 지금까지 섰던 기념비각 옆을 떠났다.

…… 〈원문에서 6줄 정도 삭제됨〉 ……

P는 자기 자신이고 세상의 모든 일이고 모두 짜증이 나고 원수스러웠다.

광화문 큰 거리를 총독부 쪽으로 어실어실 걸어가노라니 그의 그림자가 짤막하게 앞에 누워 간다. *P는 그 자기의 그림자를 콱 밟고 싶었다.[23]

그러나 발을 내어디디면 그림자도 그만큼 앞으로 더 나가곤 한

---

18 일제의 식민지 지배를 효과적으로 수행하기 위한 인텔리 = 전문 기능인(하급관료) 양상 실태.

19 지식인의 천대를 나타내는 풍자적 문장.

20 큰 이익은 남에게 빼앗김.

21 지식인, 지식층을 나타내는 말로 러시아어 인텔리겐치아(intelligentsia)에서 옴.

22 주제가 드러나는 표현으로 자조적이고 야유적임.

23 P의 자의식에 대한 묘사.

다. 이 그림자와 자기 자신에서 그리고 그림자를 밟으려는 자기 자신과 앞으로 달아나는 그림자에서 P는 자기의 이중인격의 모순 상(相)을 발견하였다.

동십자각 옆에까지 온 P는 그 건너편 담배 가게 앞으로 갔다.
"담배 한 갑 주시오."
하고 돈을 꺼내려니까 담배 가게 주인이,

마코 담배

"네 마콥니까?"
묻는다.
P는 담배 가게 주인을 한 번 거들떠보고 다시 자기의 행색을 내려 훑어보다가 심술이 번쩍 났다. 그래서 잔돈으로 꺼내려던 것을 일부러 일 원짜리로 꺼내드는데 담배 가게 주인은 벌써 마꼬 한 갑 위에다 성냥을 받쳐 내어민다.

●"해태 주어요."[24]
P는 돈을 들이밀면서 볼멘소리를 질렀다. 그러나 담배 가게 주인은 그저 무신경하게

해태 담배

"네 ―."하고는 마코를 해태로 바꾸어 주고 팔십오 전을 거슬러 준다.
P는 저편이 무렴해하지 아니하는 것이 더욱 얄미웠다.
부끄러워
그는 해태 한개를 꺼내어 붙여 물고 다시 전찻길을 건너 개천가로 해서 올라갔다. 인제는 포켓

속에 남은 것이 꼭 삼 원하고 동전 몇 푼이다. 엊그제 겨울 외투를 사 원에 잡혀서 생긴 것이다.

방세와 전깃불 값이 두 달치나 밀리었다. 삼 원은 방세 한 달 치를 주고 일원에서 전등삯 한 달치를 주고도 싶었으나 그러고 나면 그 나머지로 설렁탕이나 호떡을 사 먹어도 하루밖에는 못 지낸다. 그래 그대로 넣어두고 한 이틀 지내는 동안에 일 원이 거진 달아났던 판인데 공연한 객기를 부리느라고 당치도 아니한 해태를 샀기 때문에 인제는 일 원 돈은 완전히 달아나고 삼 원만 남은 것이다.

P는 포켓 속에 손을 넣고 잔돈과 지폐를 섞어 삼 원 남은 돈을 만지작거렸다. 그러면서 왼편 손으로는 손가락을 꼽아가며 삼 원을 곱쟁이쳐보았다.

육 원, 십이 원, 이십사 원, 사십팔 원, 구십육 원, 백구십이 원, 팔 원 모자르는 이백 원…… 사백 원, 팔백 원, 일천육백 원, 삼천이백 원, 육천사백 원, 일만이천팔백 원, 팔백 원은 떼어버리고 이만사천 원, 사만팔천 원, 구만육천 원, 십구만이천 원, 삼십팔만사천 원, 칠십육만팔천 원, 일백오십삼만육천 원……[25]

삼 원을 열여덟 번만 곱집으면 일백오십만 원이 된다. 일백오십만 원, 그놈이 있으면…… 이렇게 생각하매 어깨가 으쓱해졌다.

삼 원의 열여덟 곱쟁이가 일백오십만 원이니 퍽 쉬운 일이다…… 그놈만 있으면 백만 원을 들여서 오십 전짜리 십육 페이지 신문을

---

24 P의 허영적 자존심이 나타나 있음.
25 P의 공상, 지적 유희를 나타냄.

하나 했으면 위선 K 사장의 엉엉 우는 꼴을 볼 수가 있을 것이다.

그러나 아쉬운 대로 십오만 원만 있어도, 일만오천 원 아니 일천오백 원만 있어도 아니 일백오십 원만 있어도 십오 원만 있어도 우선 방세와 전등삯을 주고 한 달은 살아가겠다.

P는 한숨을 내쉬었다. 한 달? 한 달만 살고나면 그담은 어떻게 하나?…… 그래도 몇 백 원은 있어야지, 아니 몇 만 원은…….

P는 늘 하는 버릇으로 이런 터무니없는 공상을 되풀이하였다. *그는 최근 이러한 공상을 하면서부터 취직을 시들하게 여겼다.[26]

취직이 된댔자 사오십 원이나 오륙십 원의 월급이다. 그것을 가지고 빠듯빠듯 살아간들 무슨 아기자기한 재미가 있을 턱도 없는 것이다.

가령 근실히 해서 월괘저금 같은 것도 하고 집도 장만하고 여편네도 생기고 사장이나 중역들의 눈에 들어 지위도 부장쯤으로는 올라가고 그리하여 생활의 근거도 안정이 되고 하면 지금 같은 곤란은 당하지 아니하겠지만 그러나 P에게는 아직도 젊은 때의 야심이 있어 그러한 *고식된[27] 안정이나 명색 없는 생활은 도리어 피하고 싶었던 것이다. 좀더 남의 눈에 띄며 좀 더 재미있고 그리고 자유로운 생활.

물론 그는 지금이라도 누가 한 달에 삼십 원만 줄 테니 와서 일을 해달라면 마치 주린 개가 고기를 보고 덤비듯이 덮어놓고 덤벼들 것이다. 그러나 속으로는 그와 딴판으로 배포를 부리고 있는 것이다.

P가 삼청동으로 올라가느라고 건춘문 앞까지 이르렀을 때에 저

편에서 말쑥하게 몸치장을 한 여자 하나가 마주

내려왔다.

역시 삼청동 근처에 사는 여자인지 P와는 가끔
마주치는 여자다.

건춘문 경복궁의 동쪽 문.

P는 그 여자와 만날 때마다 일부러 눈여겨 보
지 아니하는 체는 하면서도 실상은 고비샅샅 관찰을 하였고, *그리
고 속으로는 연애라도 좀 했으면 하던 터였었다.[28]

구석구석

무엇보다도 동그스름한 얼굴에 이목구비가 모두 모지지 아니하
고 얼굴의 윤곽이 동글 듯이 모가 나지 아니한 것, 그래서 맘자리도
그렇게 동글려니 하는 것이 P의 마음을 끈 것이다.

그 여자는 자주 만나는 이 헙수룩한 양복장이 — P를 먼빛으로도 알
아보았는지 처녀다운 조심스런 몸매로 길을 가로 비켜 가까이 왔다.

P는 고개를 꼿꼿이 쳐들고 앞만 쳐다보면서도 속으로는, '저 여
자가 지금 내 옆으로 다가와서 조그만 소리로 정답게 구애(求愛)를
한다면? 사뭇 들여 안긴다면…… 어쩔꼬?'

이런 생각을 하면서 히죽이 웃는데 여자는 벌써 지나쳐버렸다.

'흥! 어쩌긴 무얼 어째……? 이년아, 일없다는데 왜 이래! 하고
발길로 칵 차 내던지지.'

하고 P는 어깨를 으쓱하였다.

---

26 취직에 대한 강렬한 욕구를 역설적으로 표현함.

27 고식지계(姑息之計)에서 온 말로. '임시방편' 의 의미임. 속담에 '언 발에 오줌누기' 와
같은 말임.

28 P의 위선적인 사고가 드러남.

삼청동 꼭대기에 있는 집 — 집이 아니라 삭월세로 들은 행랑방 — 에 돌아왔다. 객지에 혼자 있으니 웬만하면 하숙에 있을 것으로 되 밥값이 밀리고 그것에 졸릴 것이 무서워 P는 방을 얻어가지고 있던 것이다.

먹는 것이야 수중에 돈이 있는 때에 따라 호떡도 설렁탕도 백화점의 런치도, 그렇잖고 몇 끼씩 굶기도 하여 대중이 없었다.

⁰볕 구경을 잘 못해서 겨울에도 곰팡이 슬고 이불을 며칠씩 그대로 펴두는 방바닥에서는 먼지가 풀신풀신 올랐다.²⁹

하도 어설퍼 앉으려고도 아니하고 방 가운데 우두커니 서서 있노라니까 안방 문 여닫는 소리가 들리며 주인 노파가 나와서 캑 하고 기침을 한다. P는 또 방세 졸릴 일이 아득하였다.

그러나 노파는 방세보다도 우선 편지 한 장을 들이밀어 준다. 고향의 형에게서 온 것이다.

편지를 뜯어 읽고 난 P는 말가웃(一斗半)이나 되게 한숨을 푸 내쉬었다. 그리고는 편지를 박박 찢어 버렸다.

전개 P의 방황과 인텔리로서의 자신에 대한 자조(스스로를 비웃음)

편지의 요건은 P의 아들에 관한 것이다.

P에게는 연전에 갈린 아내와의 사이에 생긴 창선이라는 아들이 있다. 금년에 아홉 살이다.

아내와 갈릴 때에 저편에서 다만 어린애만이라도 주었으면 그것을 데리고 길러 가는 재미로 혼자 사는 세상에 낙을 붙이겠다고 사정하였다. 그리고 적어도 중학까지는 마치게 하겠다는 것이었다.

그렇게 했으면 P도 한짐을 덜었을 것이다. 그러나 그는 듣지 아니하였다.

어릴 적부터 소박데기 어미의 손에서 아비의 원망과 푸념을 들어가면서 자란 자식은 자란 뒤에 그 아비에게 호감을 가지지 못한다. P는 자식을 꼭 찾고 싶은 것은 아니나 아무튼 장성하면 아비라고 찾아올 터인데 그때에 P는 이미 늙고 자식은 팔팔하게 젊은 놈이 제 어미를 소박한 아비래서 아니꼽게 군다면 그것은 차마 못 당할 노릇이다.

이러한 생각으로 P는 창선이를 내주지 아니한 것이다. 그러나 빼앗아 놓고 보니 인제 겨우 너댓 살밖에 아니 먹은 것을 자기 손으로 어찌할 수가 없다. 그리하여 할 수 없이 어렵사리 지내는 그 형에게 맡겨 놓고 다시 서울로 올라온 것이다. 보통학교에 다닐 나이가 되면 서울로 데려오겠다고 해 두고.

P의 형은 작년에 조카를 보통학교에 입학시켰다. 그러나 극빈 축에 드는 집안인지라 몇푼 아니되는 월사금과 학비를 대지 못하여 중도에 퇴학시켰다. 애초에 입학시킬 상의로 P에게 편지를 했을 때에 *P는 공부 같은 것은 시켰자 소용이 없으니 차라리 뼈가 보드라운 때부터 생일을 시키라고 하였다.[30]

노동

P의 형은 그러나 백부의 도리로나 집안의 체면으로나 창선이를

큰아버지

생일을 시킬 수가 없었다. 차라리 자기 손에 두어 헐벗기고 헐입히면서 공부도 시키지 못하니 제 아비인 P더러 데려가라고 작년부

---

29 P의 비참한 생활 묘사.
30 P의 사회를 바라보는 자조적인 시선.

터 편지를 하던 터이다.

금년도 입학 시기가 당함에 P의 형은 P에게 누차 편지를 하였다. 금년에 입학을 시키지 못하면 명년에는 학령이 초과되어 들여주지 아니할 것이니 어서 데려다가 공부를 시키라는 것이다.

*'그 어린것이 굶기를 먹듯 하고 재주는 있으면서 남의 집 아이들이 학교에 다니는 것을 부러워하는 꼴은 차마 애처러워 볼 수가 없다. 차라리 이꼴 저꼴 보지 아니하는 것이 속이나 편하겠다.' [31]

이번 편지에는 이러한 구절이 있고 끝에 가서,

*'여비가 몇 원 변통되면 차를 태우고 전보를 칠 테니 정거장에 나와 데려가거라. 나도 웬만하면 객지에 혼자 있는 너에게 어린 자식을 떠맡기듯이 보내겠느냐마는 잘못하다가 그것을 굶겨 죽이겠기에 생각다 못하여 단행하는 것이다.' [32]

이러한 말이 씌어 있었다.

P는 박박 찢은 편지를 돌돌 뭉쳐 방구석에 내던지고 한숨을 푸— 내쉬었다.

인제는 자식을 데리고 있기가 피할 수 없이 되었는데, 어떻게 했으면 좋을까 하는 것이다. 그는 형이 원망스럽고 아니꼬왔다.

굳이 제 아비를 따라 보낸다는 것이 아니라 부둥부둥 공부를 시키라는 것 때문이다. 기왕 서울로 보내나 시골서 데리고 있으나 고생시키기는 일반이니 차라리 시골서 일찍부터 생일이나 시켰으면

P에게는 여러 가지로 좋은 것이었다.

'흥! 체면! 공부! 죽어도 인텔리는 만들잖는다.'

P는 혼자 이렇게 두덜거렸다.

"집에서 온 편지유? 무슨 걱정이 생겼수."

말거리를 찾지 못하여 머뭇거리고 섰던 안방노인이 동정이나 하는 듯이 이렇게 묻는다.

"아니요."

P는 마지못해 코대답을 하였다.

"필경 무슨 걱정이 생긴 게구려!"

노인은 자기의 말거리를 만들려고 아니라는데도 이렇게 걱정을 내어놓는다.

"그게 모두 °가난³³한 탓이지…… 저렇게 젊고 똑똑한 이가, 저게 모두 가난한 탓이야! 어디 구실 자리 말한다더니 아직 아니됐수?"

"네 아직……."

"거 큰일났구려! 어서 돼야 할 텐데…… 나두 꼭 죽겠수…… 이 늙은 것이…… 돈 좀 마련되잖았수?……."

"네 아직 좀……."

"저걸 어쩌나! 오늘은 물 값이야 전깃불 값이야 사뭇 받으러 달려들 텐데!"

"며칠만 더 미루십시오. 설마하니 마나님이야 아니 드리겠습니

---

31 창선의 비참한 생활이 백부의 시선을 통해 객관적으로 제시됨.

32 결말을 암시하는 부분으로 P의 갈등이 증폭되는 요인.

33 이 글의 핵심어.

까……."

"아무렴! 실수야 없을 줄 알지만 내가 하도 옹색하니깐 그러는 거
지……."

<u>생활이 군색하다</u>

P는 노인이 지껄이게 두어두고 혼자 생각하였다. 전에 아는 집에
서 셋방을 얻어들었을 때에는 두 달이고 석 달이고 세가 밀려야 조
르는 법이 없었다.

밀려도 조르지 아니하는 아는 집…… 이것이 P는 도리어 미안해
서 이곳으로 옮겨온 것이다. 옮겨와 가지고 막상 졸림질을 당하니
미안해도 졸리지는 아니하던 옛집이 그리워지는 것이다.

노인이 문을 가로막고 서서 수다스런 소리로 더 지껄이려고 하는
데 마침 P의 동무 M과 H가 찾아왔다.

"어디 나가나?"

*M이 그렇잖아도 벌씸한 코를 한 번 더 벌씸하고 사이 벌어진 앞
니를 내어보이며 상긋 웃는다.[34]

몸집은 M과 같이 퉁퉁하지만 키가 작아 M의 뒤에 섰던 H가 옆으
로 나서며,

"안녕하시오."

하고 인사를 한다.

P는 싱긋이 웃었다. 이 M과 H는 같은 하숙에 있는데 두 사람
은 곧잘 같이 돌아다닌다. 같이 가는 것을 나란히 세워 놓고 보면
하나는 키가 커서 우뚝하고 하나는 키가 작아서 납작 붙어가는
것 같다.

얼굴도 M은 우들부들한 게 정객 타입으로 생기었고 ─ 잘못하면

복싱 링에 내세워도 좋겠고 — H는 안존한 게 사무원 타입이다.

일상의 언행을 보아도 H는 무슨 이야기가 자기 전문인 법률에 관한 것에 다다르면 육법전서의 조목을 따르르 외이면서 이렇고 저렇고 하다고 설명을 하고, M은 동경서 학생 XX에 제휴를 했던만큼 그리고 전문이 정경과인만큼 좌익 진영에서 쓰는 어투가 그대로 나온다.

*"여전히 모두 동색(冬色)이 창연하군!"35

P는 두 사람의 특특한 겨울 양복을 보고 그리고 자기의 행색을 내려보며 웃었다.

M이 신을 벗고 들어와 먼지 앉은 책상 위에 걸터앉으며,

*"춘래불사춘일세."36

하고 한마디 왼다. H도 따라 들어 와 한편에 앉으며 한마디 한다.

"아직 괜찮아…… 거리에서 보니까 동복 입은 사람이 많데……."

"괜찮기는 무어 괜찮아…… 우리가 길로 돌아다니니까 사방에서 아이구야! 소리가 들리데."

"왜?"

"봄이 발밑에서 짓밟히느라고."

"하하하하."

세 사람은 소리를 내어 웃었다.

---

34 외양 묘사를 통한 인물의 성격 제시.
35 봄이 왔는데도 겨울옷을 입고 있다는 뜻으로 형편이 좋지 않음을 뜻함.
36 春來不似春, 봄이 왔으나 봄 같지 않다는 말로 형편이 좋지 않음을 뜻함.

1930년의 태평로. 주인공 P는 직장을 구하기 위해 서울 이곳저곳을 다니지만 그를
기다리고 있는 것은 참담한 현실뿐이었다.

"참 시험본 것 어떻게 되었소?"

P는 H가 일전에 총독부에서 본 고원 채용 시험을 생각하고 물어보았다.

"말두 마시우…… 인제는 꼭 들어앉아 공부나 해가지고 변호사 시험이나 치겠소."

사람이 별로 변통성도 없고 그렇다고 여기저기 반연도 없어 취직이 여의하게 되지 못하는 것을 볼 때에 P는 가엾은 생각이 늘 들곤 하였다.

"가만있게…… 어서 변호사 시험만 파스하게. 그러면 인제 내가 백만 원짜리 주식회사를 조직해 가지고 자네를 법률고문으로 모셔 옴세."

이것은 M이 늘 농삼아 하는 농담이다. M도 일 년 동안이나 취직 운동을 하면서 지냈건만 그는 되려 배포가 유하다. 조금 더 재빠르게 했으면 M은 벌써 취직이 되었을는지도 모르나 그는 타고난 배포와 그리고 남에게 아유구용을 하기 싫어하는 성질로 말하자면 취직 전선의 낙오자다.

별로 만나야 할 일도 없다. 그러나 제가끔 혼자 있으면 우울해지니까 이렇게 서로 찾으며 자주 만나게 된다.

만나 앉아서 이야기라도 지껄이면 그 동안만은 명랑하여진다.˚ 지금 서울 안에 P니 M이니 H와 같이 매일 만나 하는 일 없이 돌아다니고 주머니 구석에 돈푼 있으면 서로 털어 선술잔이나 먹고 하는 룸펜, 무직자, 부랑자의 패가 수없이 많다.[37]

---

37 1930년대의 사회 현실을 엿볼 수 있음.

무어나 일을 맡기었으면 불이 번쩍 일게 해낼 팔팔한 젊은 사람들이다. 그렇건만 그들은 몸을 비비 꼬고 있다.

아무데도 용납치 못하는 사람들이다. XX적 XX에서 그들을 불러들이기에는 XX적 XX의 주관적 정세가 너무도 미약하다. 그것은 그들의 몇 부분이 동경서 학생으로 있을 시절에는 그 속에서 활발하게 XX을 계속하던 것이 조선에 나오면서 탈리되는 것으로 보아 그러한 해석을 내리지 아니할 수가 없다.

^{떨어져 나감}

그렇다고 부르주아의 기성 문화기관에 들어가자니 그곳에서는 수요를 찾지 아니한다. 레디메이드로 된 존재들이니 아무 때라도 저편에서 필요해야만 몇씩 사들여간다.

M이 마코를 꺼내놓고 붙여문다. P는 포켓 속에 들어 있는 해태를 차마 내놓기가 낯이 따가와 M의 마코를 집어당겼다.

…… 〈원문에서 6행 삭제됨〉……

P는 설명을 시작한다. P 자신 그러한 장난 비슷한 공상을 하면서 일단 해 보라고 하면 주저할 것이지만 어쨌거나 그랬으면 통쾌하리라는 것이다.

"먼첨 경무국에 들어가서 아주 까놓고 이야기를 한단 말이야. 우리가 지금 대상으로 하는 것은 총독부가 아니라 조선의 소위 민간 측 유지들이니까 간섭을 말아달라고."

"그러면 관허(官許) [*]메이데이[38]로구먼."

"그래 관허도 좋아…… 그래 가지고는 기에다가는 무어라고 쓰느냐 하면 '우리에게 향학열을 고취한 놈이 누구냐?' …… 어때?"

"조 — 치!"

"인텔리에게 직업을 내라…… 이렇게 노래를 지어 부르거든."

…… 〈원문에서 1행 삭제됨〉 ……

"응…… 유지와 명사의 가면을 박탈시키라고…… 한 몇 십 명이 그렇게 데모를 한단 말이야! 하하하."

M은 이렇게 웃고 H는 시원찮은 핀잔을 준다.

"듣그럽소. 여보…… 아 글쎄 멀끔멀끔한 양복쟁이들이 종로 네 거리로 기를 받고 그렇게 다녀봐! 애들이 와서 나 광고지 한 장 주, 하잖나."

(듣그럽소 → 듣기 싫소)

"하하하하."

"허허허허."

창 밖에서 냉이 장수가 싸구려 소리를 웨치고 지나간다. M이 그에 응하여,

*"이크, 봄을 떰펑하는구나."[39]

"흠, 경제학자라 달르군…… 참 우리 하숙에서는 채소를 좀 멕여 주어야지!"

"밥값을 잘 내보지."

"그도 그렇지만."

"나는 석 달치 밀렸네."

"나도 그렇게 될 걸."

"그러니까 나처럼 이렇게 아파트 생활을 해요."

---

38 근로자의 날. 매년 5월 1일에 여는 국제적 노동제.
39 봄이라는 자연 현상조차 경제 현상으로 이해하려는 세태 표현.

이것은 P의 말이다. 아파트라고 말해놓고 서글퍼서 허허 웃었다.

"조선식 아파트! 그렇지만 우리가 아파트 생활을 했다면 아마 두 어 달 전에 굶어 죽었을걸."

"나는 돈을 보면 초면 인사를 해야 되겠네…… 본 지가 하도 오 래라서 낯을 잊었어."

"여보게."

하고 M이 으젓하게 H를 달군다.

"돈 구경한 지 오래 됐다지?"

"응."

"존 수가 있네."

"뭣?"

"자네 책 좀 삼사(三四) °구락부⁴⁰에 보내세."

"싫으이."

"자네 돈 구경하고…… 구경하고 나서 그놈으로 한 잔 먹고…… 한잔 말이 났으니 말이지 요즘 같으면 술이나 실컷 먹고 주정이라 도 했으면 속이 시원하겠네."

"그러니까 말이야…… 가세. 가서 다섯 권 잽혀."

"일없다."

"내가 찾아 주지."

"흥."

"정말이야."

"싫어."

그 날 밤.

P와 M은 H를 졸라 그의 법률 책을 잡혀 돈 육 원을 만들어 가지고 나섰다.

선술집에 가서 엔간히 취하도록 먹은 뒤에 C라는 카페에 가서 술 두 병을 놓고 자정이 되도록 노닥거렸다.

그곳에서 나올 때는 육 원 돈이 이 원 남았다. 이 원의 처치를 생각하다 세 사람은 일제히 동관으로 가기로 하였다.

세 사람이 모두 다리가 비틀거렸다. 그 중에도 P는 더욱 취하였다.

널리리 가락으로 들어박힌 갈봇집.
                    사창가

다 쓰러져 가는 초가집을 세 사람이 아는 집 들어서듯 쑥쑥 들어서니,

"들어오십시오."

"어서 오십시오."

라고 머리 딴 계집애와 배가 북통 같은 애 밴 계집이 마루로 나선다.

P가 무심결에 해태 곽을 꺼내어 붙여무니까 머리 딴 계집애가 P의 목을 얼싸안고 볼에다 입을 쪽 맞추더니,

"나도 하나."

---

40 '구락부'는 club의 의미. 여기서는 전당포(물건을 잡히고 돈을 구하는 곳)를 말함.

41 이하의 내용은 돈의 노예로 전락한 인간들과 노골적인 유곽 묘사를 통해 당시 사회상의 모순을 부각시키고 있음. 한편 유곽에서의 묘사가 지나치게 길어져 작품의 긴장성을 떨어뜨린다는 지적도 있음.

하고 손을 벌린다. P는 기가 막혀 담뱃갑을 내미는데 H와 M은 박수를 하며,

"부라보!"

하고 굉장하게 큰 소리로 웨친다.

건넌방에 들어가 앉으니 마루에서 따그락따그락 소리가 난다.

배부른 계집은 푸대접을 받고 머리 딴 계집애가 H와 M의 손으로 옮겨다니면서 주물린다. 깩깩 소리를 지르며 엄살을 한다. 말을 붙이고 대답을 주고받고 하는 것이 H와 M은 전에 한 번 와 본 집인 듯하다.

술상이 들어왔다.

잔은 사발만한데 술 주전자는 눈알만하다. 술을 부어놓으니 M이 척 받아 놓고는 노래를 투정한다. 계집애는 그보다 더 약아서 제가 그 술을 쭉 들이마시고는 빈 잔만 M의 입에 대어준다.

P는 개숫물같이 밍밍한 술을 두어 잔 받아 먹는 동안에 비위가 콱 거슬려서 진정하느라고 드러누웠다.

H가 계집애를 무릎에 올려놓고 신이 나게 노래를 부른다. 물론 고저도 장단도 맞지 아니하는 노래다.

M이 애 밴 계집을 실컷 시달려 주다가 머리 딴 계집애를 빼앗아 가더니 귀에 대고 무어라고 속삭거린다. 그러면서 둘이서 연해 P를 건너다보며 싱긋벙긋 웃는다.

조금 있다가 계집애가 P에게로 오더니 귀에다 입을 대고 속삭인다.

"저이가 나더러 당신하고 오늘 저녁…… 응, 어때?"

"그래라."

P는 불쑥 성난 것처럼 대답했다.

"아이! 싱거워!"

계집애는 P를 한 번 꼬집어 주고 다시 M에게로 달아났다.

M에게로 가서 또 무어라고 속삭거리더니 재차 와 가지고는 귓속말을 한다.

"자고 가, 응."

"그래 글쎄."

"꼭."

"응."

"정말."

"응."

술은 네 주전자가 들어왔는데 세 사람 손님은 두서너 잔씩밖에 아니 먹었다. 그 나머지는 다 저희가 먹었다. 계집애가 술이 곤주가 되게 취해 가지고 해롱해롱 까분다.

술값을 치르는 것을 보고 P도 따라 일어섰다. M이 몸뚱이로 슬쩍 밀어서 방안으로 들여보내고 뒤에서 계집애가 양복 뒷깃을 잡아당긴다.

"그래라, 자고 간다."

P는 방 가운데 벌떡 드러누웠다.

"너희 집이 어디냐?"

계집애가 옆에 와서 앉는 것을 보고 P가 물었다.

"XX도 XX."

"언제 왔니?"

"작년에."

P는 몸을 일으켰다. 또 속이 왈칵 뒤집혀 좀더 진정하려고 하는 생각인데 계집애가 콱 밀어뜨린다.

"나이 몇 살이냐?"

"열여덟."

"부모는?"

"부모가 있으면 여기서 이 짓을 해?"

"왜 이 짓이 나쁘냐?"

"흥…… 나도 사람이야."

"에꾸! 나는 네가 신선인 줄 알았더니 인제 보니까 사람이로구나!"

"드끄러!"

계집애는 눈을 쪽 흘기고는 갑자기 웃으면서 P의 목을 끌어안는다.

"자고 가, 응."

"우리 마누라한테 자볼기 맞고 쫓겨난다."

자로 때리는 볼기

"그러면 내한테 와서 나하고 살지…… 여기 내 빚 팔십 원만 물어주면……."

"팔십 원이냐?"

"응."

"가겠다."

P는 또 일어나려는 것을 계집이 껴안고 놓지 아니한다.

"자고 가…… 내가 반했어."

"아서라."

"정말!"

"놓아."

"아니야, 안 놓아. 자고 가요 응…… 자고…… 나 돈 좀 주어."

"돈? 내가 돈이 있어 보이니?"

"돈 소리가 절렁절렁 나는데?"

미상불 P의 포켓 속에는 아까부터 잔돈소리가 가끔 잘랑거렸다.

아닌 게 아니라

"자고 나 돈 조……금 주고 가, 응."

"얼마나?"

"암만도 좋아…… 오십 전도, 아니 이십 전도."

˙계집애의 말이 떨어지기도 전에 P는 불에 데인 것 같이 벌떡 일어섰다. 일어서면서 그는 포켓 속에 손을 넣고 있는 대로 돈을 움켜쥐어 방바닥에 확 내던졌다.[42] 일 원짜리 지전 두 장과 백통전이 방바닥에 요란스럽게 흐트러진다.

"앗다, 돈!"

내던지고는 P는 뛰어나왔다. 그의 눈에는 눈물이 고였다.

P는 정조(貞操)적으로 순진한 사나이가 아니다.

열 네살 때에 소꿉질 같은 장가를 갔고 그 뒤 동경 가서 있을 동안에 거기 여자와 살림도 하였다.

조선에 돌아와 직업을 가지고 있는 사이에 기생과 사귀어 한동안

---

42 분노와 비애가 복합적으로 얽혀 있는 P의 심리 상태와 위선적인 행동을 나타냄.

죽을 둥 살 둥 모르게 지내기도 하였다.

그 밖에도 정 두어 지낸 여자가 두엇 더 있다. 그러나 삼십이 되도록 지금까지 유곽을 가거나 은근짜집을 가거나 *동관의 색주가집43에 가서 잠자리를 한 일은 없다.
　　　　　　　몸을 몰래 파는 집

그것은 P의 괴벽이다. 어떠한 여자를 물론하고 그가 정이 들지 아니한 여자이면 절대로 관계를 아니 한다는 것이다.

그 대신 한번 P의 눈에 들고 따라서 정이 들면 아무 것도 돌아보지 아니하고 심각한 열정에 맡기어 완전히 그 여자를 움켜쥐어 버리며 또한 그 여자에게 전부를 내주어 버린다. 그리하여 그는 늘 올오어 나싱을 말한다.
　　all or nothing

이것이 처세상 퍽 이롭지 못한 것을 P도 잘 안다. 또 공연한 승벽
　　　　세상을 살아가는데
이요 고집인 줄 알건만 그는 그것을 고치지 못한다.

이 날 밤에도 그는 그 계집애를 조금도 어떻게 하겠다는 생각은 나지 아니하였다.

술 취한 끝에 속이 괴로우니까 진정을 하자는 판인데 '오십 전, 아니 이십 전도 좋아.' 하는 소리에 버쩍 흥분이 된 것이다.

너무도 인간이 단작스럽고 악착스러운 것 같았다. P가 노상 보고
　　　　　　치사하고 더럽다
듣는 세상이 돈을 중간에 놓고 악착스럽게 아등바등하는 것임을 모르는 바는 아니나 정조 대가로 일금 이십 전을 요구하는 것은 처음 보았다.

P는 그러한 여자가 정조를 파는 데 무신경한 것도 잘 알고 있으며 따라서 그것이 비도덕이니 어쩌니 하는 것도 아니다.

그의 관점과 해석은 그런 것보다 더 나아간 입장에 있었다.

그러나 '이십 전만 주어도.' 소리에는 이것저것 생각하고 헤아릴 나위도 없었다. 더럽고 얄미우면서 눈물이 고였다. 삼원쯤 되는 전 재산을 털어 내던지고 정신없이 뛰어나온 것이다.

술취한 P를 혼자 남겨둔 H와 M은 골목에 기다리고 서서 있었다. P가 뛰어 나오는 것을 보고 그들은 우선 농을 건넨다.

"한 턱 하오."

"장가간 턱 하게."

P는 고개를 흔들었다. 그리고 멍하니 서서 생각을 하였다.

다분의 가면 밑에서 꿈틀거리는 인도주의에 몹시 증오를 느끼는 P는 이날 밤 자기의 행동을 어떻게 해석할지 몰라 괴로워하였다.

내일을 굶어야 할 그 돈이지만 돈이 아까운 것이 아니다. 정조 값으로 이십 전을 주어도 좋다는데 왜 정조는 퇴하고 돈만 있는 대로 다 털어주었는가? *왜 눈에 눈물은 고였는가?[44]

P는 머리가 띵하고 속이 뉘엿거리어 정신을 차릴 수가 없었다. 그는 두 친구에게 인사도 변변히 하지 아니하고 코를 베인 듯이 삼청동으로 올라왔다. 어서 바삐 좀 드러눕고만 싶었던 것이다.

아무리 방구들은 차고 지저분하게 늘어놓았어도 제 처소는 반가운 것이다. 더구나 몸이 괴로울 때는!

P는 누더기 양복이나마 벗으려고도 아니하고 그대로 펴두었던

---

43 여자를 두고 술과 함께 여자를 파는 집.
44 금전만능주의에 대한 P의 혐오감.

이부자리 속에 몸을 파묻었다. 드러누우니 취기가 새삼스레 더하여 영영 옷 벗을 생각도 잊어버리고 그대로 잠이 들었다.

얼마를 자고 났는지 괴로워 부대끼다 못하여 잠이 깨었을 때는 목이 타는 듯이 말랐다.

물은 없다. 물이 없어 못 먹느니라 생각하니 목은 더 말랐다.

밤은 어느 때나 되었는지 짐작할 수가 없다. 전등은 그대로 켜져 있다. 밖에서는 사람 지나다니는 발자국 소리도 들리지 아니한다. 전차 달리는 소리도 들리지 아니하고 가끔 가다가 자동차의 경적이 딴 세상의 소리같이 감감하게 들리어온다.

밤이 깊지 아니했으면 잠긴 안대문을 두드려 주인 노인에게라도 물을 청하겠지만 이 깊은 밤에 그리하기도 미안하다. 그것도 방세나 여일하게 내었을 제 말이지 얼굴 대하기를 이편에서 피하는 판
_{한결같이}
에 차마 못할 일이다.

물지게 장수의 삐득거리는 소리가 들리나 하고 귀를 기울였으나 감감히 소리가 없다.

＊목은 더욱더욱 말라 들어온다. 입술이 바싹 마르고 입안이 침기가 없고 목구멍이 바삭바삭 소리가 날 듯이 마르고 그리고는 창자 속까지 말라 내려가는 듯하다.[45]

방금 미칠 듯하다.

눈앞에 용용하게 흘러가는 푸른 한강이 어릿어릿하고 쏴 — 쏟아
_{질펀하게}
지는 수통 꼭지가 보이는 듯하다.

P는 배고픈 고비는 많이 겪어보았으나 이대도록 목마른 참은 당하기 처음이다.

배는 고프면 기운이 없이 착 가라앉을 뿐이었지만 목이 극도로 마름에는 금시 미치고 후덕후덕 날뛸 것 같다.

일어나서 삼청동 꼭대기로 올라가면 산골짜기의 물도 있고 또 우물도 있기는 하다. *그러나 이 어두운 밤에 어디가 어디인지 보이지 아니할 테고 또 우물에는 두레박도 없을 것이다.[46]

겨우겨우 참아가며 몇 시간을 삐대었다. 실상 한 시간도 못되는 동안이지만 P에게는 여러 시간인 듯만 싶었다.

그런 뒤에 겨우 물지게 소리를 듣고 그는 수통 있는 곳을 찾아 뛰어나갔다.

사정 이야기도 변변히 하지 아니하고 쏟아지는 수통 꼭지에 매어달리어 한 동이는 되리만치 냉수를 들이켰다. 물장수가 어이가 없어 물끄러미 치어다보고만 있다가 P의 끔벅하고 돌아서는 등 뒤에다 혀를 끌끌 찬다.

P는 새삼스레 양복을 벗어 던지고 다시 자리에 파묻혔다. 인제는 잠이 십리나 달아나고 눈이 초랑초랑하여진다. 그러면서 어젯밤 일이 머리에 떠오른다.

*그것은 마치 못 먹을 것을 먹은 것처럼 꺼림칙한 기억이다. 아무렇게나 씻어 넘겨버리재도 그러나 머리 한 구석에 박혀 가지고 사라지려 하지 아니하는 어룽과 같다. 어떻게 해서라도 시원스러운 해석을 내리고라야 마음이 놓일 것 같다.[47]

_{반점}

---

45 생리적 고통을 통해 심리적 고통을 묘사한 부분.

46 P의 성격이 소심함을 나타냄.

47 P의 결백적 성격이 나타나 있음.

*정조 대가(貞操代價)로 일금 이십 전을 부르는 여자······.⁴⁸

　방금 세상에는 한 번 정조를 빼앗긴 것으로 목숨을 버려 자살하는 여자도 있다. 그러는 한편 '이십 전도 좋소.' 하는 여자가 있다.

　*여자의 정조가 그것을 잃었다고 자살을 하도록 그다지도 고귀한 것이라면 '이십 전에라도 팔겠소.' 하는 여자가 눈을 멀끔멀끔 뜨고 살아 있는 사실은 무엇으로 설명할 것인가?

　또 정조를 '이십 전에도 팔겠소.' 하는 여자가 있도록 그것이 아무렇지도 아니한 것이라면 그것을 한번 빼앗긴 때문에 생명을 내버리는 여자가 있는 것은 무엇으로 설명할 것인가?⁴⁹

　이 두 여자가 모두 건전한 양심의 소유자라고 볼 수는 없다.

　그러나 그 가운데 나무라기로 들면 차라리 정조를 빼앗긴 것으로 자살한 여자를 나무랄 것이지 '이십 전에 팔겠소.' 하는 여자는 나무랄 수가 없다.

　열여섯 살부터 시작하여 이래 삼 년이나 색주가 집으로 굴러다니는 여자다.

　언제 누구에게 귀떨어진 도덕관념이나 정당한 인생관을 얻어들은 적이 없을 것이다.

　술잔을 들고 앉아 한 잔이라도 오는 손님에게 더 먹이어 한 푼어치라도 주인의 수입을 도와주면 칭찬이 오니 그만이다.

　"고년 어여쁘다. 나하고 XX"

　하고 손님이 말하면 그에 좇아 비록 조발일지언정 생리적 만족을
일찍 핀 꽃
얻는 한편 그야말로 단돈 이십 전이라도 벌면 그만이다.

　옆에서 그것을 시키기는 할지언정 그것이 나쁘다고 가르쳐주는

사람이 있을 턱이 없는 것이다. 사실 일반 매춘부가 정조적으로 양심을 가진 듯이 보인다는 것은 그 대부분이 되려 한 가식(假飾)에 지나지 못하는 것이다.

그것은 그들에게 있어서 일종의 정당성을 가진 노동인 것이다. 그러니까 그것을 보고 불쌍하다고 여기고 동정을 하는 것은 의문의 패운이다.
_{은혜를 입음}

지금 세상은 정당한 성도덕(性道德)이 서 있는 때도 아니다.

그것은 한 세대(世代)에 여러 가지의 시대 사조가 얼크러져 있는 때문이다. 그러니까 여자의 정조에 대하여도 일률적으로 선악과 시비를 가릴 수는 없는 것이다.

하룻밤 몸값으로 '이십 전도 좋소.' 하는 여자, 그에게는 다른 사람이 갖는 성도덕도 없고 따라서 자신을 타락이래서 슬퍼하지도 아니한다.

그 여자 자신을 나무랄 필요도 없는 것이요, 동정할 여지도 없는 것이다. 그 여자 자신은 결코 불쌍한 사람이 아니다.

예수의 사랑(?)도 아무리 그 사랑이 크고 넓다 했을지언정 그것은 '불쌍한 사람', '죄지은 사람'에게 미칠 수 있는 것이다.

'불쌍하지 아니한', '죄짓지 아니한' 동관의 색주가 계집애에게는 누구의 동정이나 사랑도 일없는 것이다.

"뭣? 관념적이라고?"

---

48 같은 내용을 계속 반복함으로써 당시 사회의 비리를 드러냄.
49 작가의 해설이 겉으로 드러나 있는 부분.

그렇다. 관념적이라도 할 수 없다. °그러나 그것은 그 여자의 주관을 객관화한 것이다.⁵⁰

그러니까 그것은 작가의 한 엄연한 현실이다.

……〈원문에서 두 줄 삭제됨〉……

또 그 병적 현실에 메스를 대는 것은 집단의 역사적 문제이지만 룸펜 인텔리의 결벽과 흥분쯤으로는 문제가 되지 아니한다.

다만 취객이 삼 원 °각수⁵¹를 던져 주었으므로 해서 그 여자는 감격 없는 기쁨을 맛보았을 뿐일 것이다.

'이게 웬 떡이냐…… 어젯저녁에 꿈이 괜찮더니 이런 땡을 잡을 양으루 그랬구나…… 웬 얼간망둥이냐.'
<small>언행이 똑똑치 못한 사람</small>

그 계집애는 응당 그렇게밖에는 더 생각되지 아니하였을 것이다. 그것이 결코 무리가 없는 당연한 일이다.

P는 여기까지 생각하고 입맛 쓴 고소를 띠었다.

'흥! 되지 못하게…… 장님이 눈병 앓는 사람더러 불쌍하다고 한 셈인가.'

P는 돌아누우면서 혀를 끌끌 찼다.

위기 P의 과거와 가난한 생활

일천구백삼십사년의 이 세상에도 기적이 있다.

°그것은 P가 굶어죽지 아니한 것이다.⁵² 그는 최근 일주일 동안 돈이 생긴 데가 없다. 잡힐 것도 없었고 어디서 벌이한 적도 없다.

그렇다고 남의 집 문앞에 가서 밥 한술 주시오 하고 구걸한 일도 없고 남의 것을 훔치지도 아니하였다.

그러나 그 동안 굶어죽지 아니하였다. 야위기는 하였지만 그래도 멀쩡하게 살아 있다. *P와 같은 인생이 이 세상에 하나도 없이 싹 치워진다면 근로하는 사람이 조금은 편해질는지도 모른다.[53]

P가 소부르주아 축에 끼이는 인텔리가 아니요 노동자였더라면
소시민
그 동안 거지가 되었거나 비상수단을 썼을 것이다. 그러나 그에게는 그러한 용기도 없다. 그러면서도 죽지 아니하고 살아 있다. 그렇지만 죽기보다도 더 귀찮은 일은 그를 잠시도 해방시켜 주지 아니한다.

그의 아들 창선이를 올려 보낸다고 어제 편지가 왔고 오늘은 내일 아침에 경성역에 당도한다는 *전보[54] 까지 왔다.

오정 때 전보를 받은 P는 갑자기 정신이 난 듯이 쩔쩔매고 돌아다
낮 12시
니며 돈 마련을 하였다. 최소한도 이십 원은…… 하고 돌아다닌 것이 석양 때 겨우 십오 원이 변통되었다.

종로에서 풍로니 남비니 양재기니 숟갈이니 무어니 해서 살림나부랑이를 간단하게 장만하여 가지고 올라오는 길에 전에 잡지사에 있을 때 알은 XX인쇄소의 *문선[55] 과장을 찾아갔다.

월급도 일없고 다만 일만 가르쳐 주면 그만이니 어린아이 하나를 써달라고 졸라대었다.

---

50 작가의 직접적인 해설.
51 중국 돈으로 1원 밑의 단위를 '각'이라 함. 각수＝몇 십 전.
52 강한 풍자성이 들어 있는 표현.
53 작가의 사회 현실에 대한 냉소적 시선이 들어 있음.
54 여기서 '전보'는 사건의 새로운 진행과 이야기를 파국으로 몰고 가는 계기가 됨.
55 인쇄소에서 원고 내용대로 활자를 뽑는 일.

A라는 그 문선 과장은 요리조리 칭탈을 하던 끝에 — 그는 P가 누구 친한 사람의 집 어린애를 천거하는 줄 알았던 것이다 —

"보통학교나 마쳤나요?"

하고 물었다.

"아니요."

P는 솔직하게 대답하였다.

"나이 몇인데?"

"아홉 살."

"아홉 살?"

A는 놀래어 반문을 하는 것이다.

"기왕 일을 배울 테면 아주 어려서부터 배워야지요."

"그래도 너무 어려서 원, 뉘 집 애요?"

*"내 자식놈이랍니다."[56]

P는 그래도 약간 얼굴이 붉어짐을 깨달았다. A는 이 말에 가장 놀라운 듯이 입만 벌리고 한참이나 P를 물끄러미 바라다본다.

"왜? 내 자식이라고 공장에 못 보내란 법 있답디까?"

"아니 정말 그래요?"

"정말 아니고?"

"괜히 실없는 소리…… 자제라고 해야 들어줄 테니까 그러시지?"

"아니 그건 그렇잖아요. 내 자식 놈야요."

"그럼 왜 공부를 시키잖구?"

"인쇄소 일 배우는 것도 공부지."

"그건 그렇지만 학교에 보내야지."

"학교에 보낼 처지가 못 되고 또 보낸댔자 사람구실도 못할 테니까……."

"거 참 모를 일이요…… 우리 같은 놈은 이짓을 해 가면서도 자식을 공부시키느라고 애를 쓰는데 되려 공부시킬 줄 아는 양반이 보통학교도 아니 마친 자제를 공장엘 보내요?"

°"내가 학교 공부를 해본 나머지 그게 못 쓰겠으니까 자식은 딴 공부 시키겠다는 것이지요."[57]

"글쎄 정 그러시다면 내가 내 자식 진배없이 잘 데리고 있으면서 일이나 착실히 가르쳐 드리리다마는…… 원 너무 어린데 애처럽잖애요?"

<u>다름없이</u>

"애처러운 거야 애비된 내가 더하지요만 그것이 제게는 약이니까……."

P는 당부와 치하를 하고 인쇄소를 나왔다. 한짐 벗어놓은 것같이 몸이 가뜬하고 마음이 느긋하였다.

그는 집으로 올라가는 길에 싸전에 쌀 한 말을 부탁하고 호배추도 몇 통 사들었다. 그렁저렁 오원을 썼다.

십 원 남은 중에 주인 노인에게 육 원을 내어주니 입이 귀밑까지 째어진다. 그 끝에 P가 사온 호배추를 내어주며 김치를 담가달라고 하니 선선히 응낙한다. 그리고 자식을 데리고 자취를 하겠다니까

---

56 사건을 정점에 이르게 하는 표현.
57 모순된 사회상에 대한 질타.

깍두기야 간장이야 된장 같은 것을 아까운 줄 모르고 날라다주고
한다.

절정 어린 아들을 인쇄소에 맡겨야 하는 현실

이튿날 전에 없이 첫새벽에 일어난 P는 서투른 솜씨로 화롯밥을
지어놓고 정거장으로 나갔다.

그의 형에게서 온 편지에 S라는 고향 사람이 서울 올라오는 길에
따라 보낸다고 했으니까 P는 창선이보다도 더 낯이 익은 S를 찾았다.

과연 차가 식식거리고 들어서매 인간을 뱉아 내놓는 찻간에서 S
가 창선이를 데리고 두리번거리며 내려왔다.

어디서 생겼는지 새까만 고꾸라 양복을 입고 이화표 붙은 학생
모자를 쓰고 거기다가 보따리를 하나 지고 무엇 꾸린 것을 손에 들
고 차에서 내리는 어린아이…… 저게 내 자식이니라 생각하니 P는
어쩐지 속으로 얼굴이 붉어지며 한편 가엾기도 하였다.

S가 두 손에 짐을 가득 들고 두리번거리다가 가까이 온 P를 보고
반겨 소리를 지른다. 창선이가 모자를 벗고 학교 식으로 경례를 한
다. 얼굴은 너댓 살 적에 보던 것보다 더한층 저의 외가를 닮았다. P
는 그것이 몹시 불만하였다.

"그새 재미나 좋았나?"

S의 하는 첫인사다.

"뭘 그저 그렇지…… 괜한 산 짐을 지고 오느라고 애썼네."

P는 이렇게 인사 겸 치하를 하였다.

"원 천만에……! 그 애가 나이는 어려도 어떻게 속이 찼는지……

너 늬 아버지 알아보겠니?"

S는 창선이를 돌아보며 웃는다. 창선이는 고개를 숙이고 수줍은지 아무 대답도 아니한다.

P는 S와 창선이를 데리고 구름다리로 올라왔다.

"저의 외할머니가 저 양복이야 떡이야 모두 해 가지고 자네 댁에까지 오셨더라네…… 오셔서 어제 떠나는데 정거장까지 나오셨는데 여러 가지 신신 당부를 하시데…… 자네에게 전하라고."

S는 P가 그다지 듣고 싶지도 아니한 이야기를 뒤따라오며 늘어놓는다. 그의 가슴에는 옛날의 반감이 솟쳐 올랐다.

"별 걱정 다 하든 게로군…… 내 자식 내가 어련히 할까 봐 쫓아다니면서 그래!"

"그래도 노인들이라 어디 그런가…… 객지에서 혼자 있는데 데리고 있기 정 불편하거든 당신께로 도루 보내게 하라고 그러시데……"

"°"그 집에 내 자식이 무슨 상관이 있어서 보내라는 거야……? 보낼 테면 그때 데려 왔을라구……"58

P는 그것이 모두 그와 갈린 아내의 조종인 줄 알기 때문에 더구나 심정이 났다. 화가 나는 대로 하면 어린아이가 입고 온 양복도 벗겨 내던지고 싶었으나 꿀꺽 참았다.

---

58 아무리 형편이 어려워도 자존심이 죽지 않은 P의 입장. '호랑이는 굶어도 풀을 먹지 않는다' 라는 속담이 있음.

일제 강점기의 인쇄소. 아들 창선이를 잡지사에 있을 때 알은 인쇄소 문선과장에게
부탁하여 맡기고 나오 P는 한짐 벗은 것처럼 몸이 가뜬하다.

일찍 맛보지 못한 새살림을 P는 시작하였다.

창선이가 도착한 날 밤.

창선이는 아랫목에서 색색 잠을 자고 있다. 외롭게 꿈을 꾸고 있으려니 생각하매 전에 없던 애정이 솟아오르는 듯하였다.

이튿날 아침 일찍 창선이를 데리고 XX인쇄소에 가서 A에게 맡기고 안 내키는 발길을 돌이켜 나오는 P는 혼자 중얼거렸다.

●"레디메이드 인생이 비로소 겨우 임자를 만나 팔리었구나."[59]

결말 아들의 상경과 P의 착잡함

출전 :『신동아』, 1934

---

59 P의 내적 독백으로 모순된 사회 현실을 질타하는 풍자적 표현.

작품 줄거리

　　주인공 P는 농촌의 가난한 집안 출신이다. 그는 한때 향학열에 들뜬 사람들의 열기에 힘입어 어렵사리 신식 공부를 했다. 개화 이후 한국 사회는 이상한 교육열이 팽배해 있었다. 너도 나도 상급 학교에 진학을 했고 졸업생들이 쏟아져 나왔다. 그리하여 지식 청년의 과잉 생산 사태가 빚어졌다. 그것을 이 작품에서는 '레디메이드 인생'이라고 본 것이다. P도 그와 같은 과잉 생산된 지식인 청년 가운데 한 사람이다.

　　그는 일찍 장가를 들어 아홉 살 된 아들까지 두었으나 자신이 주장해서 이혼을 하고 아들 창선이를 극빈자에 속하는 형의 집에 맡겨 놓고 있다. 그는 자기 나름대로는 직장을 구하기 위해서 여기저기를 기웃거리며 다닌다. 그는 조금 안면이 있는 어떤 신문사의 K 사장을 찾아 가지만 자리가 없다는 이유로 간단하게 거절을 당한다. 게다가 농촌으로 돌아가 뜻있는 일을 해야 한다고 엉뚱한 설교까지 듣는다.

　　참담한 기분이 되어 사글세 방으로 돌아온 P에게 두 가지 현실이 기다리고 있다. 하나는 주인의 집세 독촉이고, 다른 하나는 시골 형이 부친 편지다. 아들은 학비가 없어 학교에 다니지 못할 뿐 아니라, 차비가 마련되면 애비인 P에게 올려 보내겠다고 쓰여 있다. 잔뜩 심사가 착잡해져 있는 P의 거처로 M과 H가 찾아온다.

　　한결같이 빈털털이인 식민지의 지식 청년이다. 셋은 M의 법률 서적을 잡혀서 돈 6원을 손에 쥔다. 그것으로 그들은 실컷 싸구려 술집을 순례하면서 술을 마신다. 이런 생활을 하는 P에게 시골에서 아들 창선이를 인편에 올려 보낸다는 한 장의 편지가 날아든다. 그는 여기저기 다니면서 돈 15원을 마련한다. 그리고는 풍로니 남비니 양재기 숟가락 등을 사서 아들과 자취할 채비를 차린다. 그리고는 어느 인쇄소의 문선 과장을 찾아가 심부름꾼으로 아들을 써 달라고 부탁한다.

작가파일

채만식 1902~1950

소설가로 호는 백릉(白菱), 전북 옥구 출생이다. 1925년 단편 「세 길로」를 『조선문단』에 발표하며 문단에 나왔다. 그가 본격적으로 작품 활동을 벌였던 1930년대는 일제에 의해 조선을 병참기지(군사작전에 필요한 기지)화 하기 위한 자원의 수탈이 극심했던 시기로, 문학에서도 정치적 사회적 이념적 관심이 배제되었던 시기이다. 그러나 그는 이를 극복하여 *동반자적 경향이 짙은 작품을 발표하였으며, 당시 지식인층 사회의 고민과 약점을 파헤쳐 풍자 작가로서의 독보적인 면모를 보였다. 주요 작품에 「레디메이드 인생」, 「치숙(痴淑)」, 장편소설로 『탁류(濁流)』, 『태평천하』 등이 있다.

채만식 문학관 2001년 전북 군산시에 건립된 채만식 문학관.

---

*동반자(同伴者) 동반자 문학을 말하는 것으로 프롤레타리아 혁명 이론은 지지하면서도 그 혁명 운동에는 적극 가담하지 않은 작가를 말함. 우리나라에서 동반작가의 기준은 카프(조선 프롤레타리아 예술가 동맹)의 가입 여부였음. 곧 계급적 각성은 드러나지만 카프에는 가입하지 않은 작가들로 이효석, 채만식, 강경애 등이 이에 해당됨.

1 오늘날 유행어 가운데 '이태백'이라는 말이 있다. '이십 대 태반이 백수'라는 뜻인데, 다음 기사를 참고하여 오늘날 우리나라 고학력자들의 실업 문제에 대해 말해 보자.

일자리 없는 '청년 니트족' 113만 명 달해

　　장기간 직장을 얻지 못하고 있거나 취업 준비만 하는 '청년 니트족'이 통계에 잡히는 청년 실업자에 견줘 3배 이상 더 많다는 분석이 나왔다. 이는 청년 실업 문제가 공식 실업률 통계치로 나타나는 것보다 훨씬 심각하다는 뜻이다.

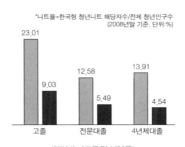

*니트율=한국형 청년니트 해당자수/전체 청년인구수
(2008년말 기준. 단위:%)

〈학력별 니트율 및 실업률〉

　　25일 전국경제인연합회가 성균관대 인적자원개발센터에 의뢰해 조사한 결과를 토대로 작성한 '청년니트족 현황과 대책' 보고서를 보면, 한국형 청년니트족의 규모가 지난해 상반

기 기준으로 113만 명으로 청년층 실업자 32만 8000명의 3.4
배에 이르는 것으로 집계됐다.

　우리나라 청년 실업률은 7.2%로 경제협력개발기구(OECD)
회원국 평균 9.6%(2007년 기준)에 비해 낮지만, 전체 청년
인구에서 취업자 수의 비중을 나타내는 고용률은 42.7%
로 회원국 평균 54.5%를 크게 밑돈다.

　청년니트의 현황을 성균관대가 지난해 말 직접 조사한 결
과를 보면, 학력이 높을수록 니트족의 비중이 높은 것으로
나타났다.
　니트족이 된 이유는 학력에 상관없이 공통적으로 '취업
준비'를 하고 있기 때문이라는 응답이 가장 많았다. 대졸자
의 경우 49.2%가 '취업을 위해 준비 중'이라고 답했고, '상급
학교 진학 준비'(16.4%), '원하는 임금근로조건에 맞는 일자
리가 없을 것 같아서'(8.2%) 등이 뒤를 이었다.

　전경련은 보고서에서 "노동시장 인력수급 불일치와 중소
기업의 고학력자 흡수기능 저조, 기업의 신규채용 여력 위
축 등의 문제들이 청년구직자들을 니트 상태로 빠뜨리고 있
다."며 "청년니트족의 증가는 가계소득 감소를 초래할 뿐아
니라 미래 중산층 붕괴 및 빈곤층 확대 등의 사회적 문제로
까지 이어질 수 있다."고 우려했다.

– 한겨레신문, 2009. 6. 25

　이 소설은 옥희라는 어린 소녀(6살)의 눈을 통해 과부인 어머니와 사랑 손님 사이에 일어나는 미묘한 애정 심리를 잘 보여 준다. 이 작품에서 이야기를 이끌어 가는 '나'(옥희, 관찰자)는 연정으로 갈등하는 어머니의 내면 심리를 뚜렷하게 묘사하는 역할을 한다. 특히 어린이의 천진한 눈과 감수성을 통해 사건을 관찰함으로써 어른들 사이의 애정 문제를 깨끗하고 참신한 감각으로 묘사한다.

　단락 단락이 하나의 완결된 구조의 에피소드로 이루어져 있어 열거식 구성 형태를 띠고 있는 이 작품은 각 단락마다 읽는 이에게 선명한 인상을 주며, 세련된 문장과 재치 있는 대화로 사건 전개를 아기자기하게 만들어 간다.

　이 소설의 주된 갈등은 인물(어머니)과 봉건적 사회의 윤리의식이다. 1인칭 관찰자 시점을 사용함으로써 기존의 관습과 마음 속 사랑의 갈등이라는 평범한 주제를 섬세한 심리 묘사와 순박한 화법으로 서술하여 성공을 거두고 있다.

주요섭

사랑손님과 어머니

핵심정리

갈래 단편소설, 애정소설
배경 시간 : 1930년대
      공간 : 시골의 작은 읍(邑)
시점 1인칭 관찰자 시점
주제 기존 윤리와 본능적 사랑 사이의 갈등,
      애정과 기존 인습 사이의 갈등

°나¹는 금년 여섯 살 난 처녀애입니다. 내 이름은 박옥희이구요.
우리 집 식구라고는 세상에서 제일 이쁜 우리 어머니와 단 두 식구
뿐이랍니다. 아차, 큰일났군, 외삼촌을 빼놓을 뻔했으니.

°지금 중학교에 다니는 외삼촌은 어디를 그렇게 싸돌아다니는지,
집에는 끼니 때 외에는 별로 붙어 있지 않아, 어떤 때는 한 주일씩
가도 외삼촌 코빼기도 못 보는 때가 많으니까요. 깜박 잊어버리기
도 예사지요, 무얼.²

우리 어머니는, 그야말로 세상에서 둘도 없이 곱게 생긴 우리 어
머니는, 금년 나이 스물네 살인데 과부랍니다. 과부가 무엇인지 나
는 잘 몰라도, 하여튼 동리 사람들이 날더러 '과부 딸'이라고들 부
르니까 우리 어머니가 과부인 줄을 알지요. 남들은 다 아버지가 있
는데 나만은 아버지가 없지요. 아버지가 없다고 아마 '과부 딸'이라
나 봐요.

등장인물

이 소설에는 나(옥희), 어머니, 아저씨, 외삼촌이 등장한다. 나 (6세, 옥희)는 그야말로 세상의 때가 묻지 않은 순수한 관찰자이다. 어머니와 아저씨와의 애정을 티 없이 맑은 눈으로 바라보면서 두 어른들의 사이에 형성되는 미묘한 감정을 드러내기도 하면서 조절하기도 한다. 어머니(24세)는 이 소설의 주인공이다. 젊은 과부로 사랑방 손님에게 사랑하는 마음을 갖지만, 사별한 남편에 대한 그리움, 아이에 대한 사랑, 시대의 풍습과 세상 사람들의 이목에 대한 두려움 등으로 끝내는 자신의 사랑을 이루지 못한다. 아저씨는 이 소설의 또 다른 주인공이다. 옥희 아버지의 옛 친구로 옥희가 사는 동네에 교사로 부임하여 사랑방에 하숙을 든다. 옥희 어머니에게 연정을 갖지만 얼마 후 집을 떠난다. 그 외에 중학교에 다니는 외삼촌이 있다.

*외할머니 말씀을 들으면, 우리 아버지는 내가 이 세상에 나오기 한 달 전에 돌아가셨대요.[3]

*우리 어머니하고 결혼한 지는 일 년 만이고요. 우리 아버지의 본집은 어디 멀리 있는데, 마침 이 동리 학교에 교사로 오게 되었기 때문에, 결혼 후에도 우리 어머니는 시집으로 가지 않고 여기 이 집을 사고(바로 이 집은 우리 외할머니 댁 옆집이지요.) 여기서 살다가 일 년이 못 되어 갑자기 돌아가셨대요. 내가 세상에 나오기도 전에 아버지는 돌아가셨다니까, 나는 아버지 얼굴도 못 뵈었

---

1 '나' 는 이 소설의 화자로 1인칭 관찰자 시점임을 알게 해 줌. 화자를 어린 아이로 설정함으로써 주제나 인물 간의 갈등, 심리 상태 등을 서술하는데 제한적이지만 어린 소녀의 천진한 눈과 감수성을 통해 사건을 경이롭게 전개시키고 있음.

2 천진한 아이의 어투를 느낄 수 있음.

3 나 = 유복녀.

지요.⁴ 그러니 아무리 생각해 보아도 아버지 생각은 안 나요. 아버지 사진이라는 사진은 나두 한두 번 보았지요. •참으로 훌륭한 얼굴이야요. 아버지가 살아 계신다면 참말로 이 세상에서 제일 가는 잘난 아버지일 거야요. 그런 아버지를 보지도 못한 것은 참으로 분한 일이야요.⁵

•그 사진⁶도 본 지가 퍽 오래 되었는데, 이전에는 그 사진을 늘 어머니 책상 위에 놓아 두시더니, 외할머니가 오시면 오실 때마다 그 사진을 치우라고 늘 말씀하셨는데, 지금은 그 사진이 어디 있는지 없어졌어요. •언젠가 한번 어머니가 나 없는 동안에 몰래 장롱 속에서 무엇을 꺼내 보시다가 내가 들어오니까 얼른 장롱 속에 감추는 것을 내가 보았는데, 그게 아마 아버지 사진인 것 같았어요.⁷

아버지가 돌아가시기 전에 우리가 먹고살 것을 남겨 놓고 가셨대요. 작년 여름에, 아니로군, 가을이 다 되어서군요. 하루는 어머니를 따라서 여기서 한 십 리나 가서 조그만 산이 있는 데를 가서 거기서 밤도 따 먹고, 또 그 산 밑에 초가집에 가서 닭고깃국을 먹고 왔는데, 거기 있는 땅이 우리 땅이래요. 거기서 나는 추수로 밥이나 굶지 않게 된다고요. 그래도 반찬 사고 과자 사고 할 돈은 없대요. 그래서 어머니가 다른 사람의 바느질을 맡아서 해 주지요. 바느질을 해서 돈을 벌어서 그걸로 청어도 사고 달걀도 사고 내가 먹을 사탕도 사고 한다고요.

그리고 우리 집 정말 식구는 어머니와 나와 단 둘뿐인데 아버님이 계시던 사랑방이 비어 있으니까 그 방도 쓸 겸, 또 어머니의 잔심부름도 좀 해 줄 겸해서 우리 외삼촌이 사랑방에 와 있게 되었대요.

금년 봄에는 나를 유치원에 보내 준다고 해서 나는 너무나 좋아서 동무아이들한테 실컷 자랑을 하고 나서 집으로 돌아오노라니까 사랑에서 큰외삼촌이(우리 집 사랑에 와 있는 외삼촌의 형님 말이야요.) *웬 한 낯선 사람 하나와 앉아서 이야기를 하고 있었습니다.[8]

큰외삼촌이 나를 보더니 '옥희야.' 하고 부르겠지요.

"옥희야, 이리 온. 와서 아저씨께 인사드려라."

나는 어째 부끄러워서 비실비실하니까 그 낯선 손님이,

"아, 그 애기 참 곱다. 자네 조카딸인가?"

하고 큰외삼촌더러 묻겠지요. 그러니까 큰외삼촌은,

"응, 내 누이의 딸…… 경선 군의 유복녀 외딸일세."

하고 대답합니다.

"옥희야, 이리 온, 응! 그 눈은 꼭 아버지를 닮았네그려."

하고 낯선 사람이 말합니다.

"자, 옥희야, 커단 처녀가 왜 저 모양이야. 어서 와서 이 아저씨께 인사드려라. 너의 아버지의 옛날 친구신데, 오늘부터 이 사랑에 계

---

4 사건의 요약적 서술로, 전해들은 이야기를 전하는 형식으로 서술하여 이야기의 객관성을 높이고 있음.

5 평안도 사투리로 아이의 천진함을 나타냄.

6 사진은 이후 사건 전개의 토대가 되는 역할을 함.

7 어머니의 성격이 드러나는 서술로, 뒤에서 아저씨와의 사랑 사이 번민하게 되는 어머니에 대한 사실적 근거를 제공함.

8 화제 전환, 새로운 사건 예고.

실 텐데 인사 여쭙고 친해 두어야지."

나는 이 낯선 손님이 사랑방에 계시게 된다는 말을 듣고 갑자기 즐거워졌습니다. 그래서 그 아저씨 앞에 가서 사붓이 절을 하고는 그만 안마당으로 뛰어들어왔지요. 그 낯선 아저씨와 큰외삼촌은 소리 내서 크게 웃더군요.

나는 안방으로 들어오는 나름으로 어머니를 붙들고,

"엄마, 사랑에 큰외삼촌이 아저씨를 하나 데리고 왔는데, 그 아저씨가아 이제 사랑에 있는데."

하고 법석을 하니까,

"응, 그래."

하고, 어머니는 벌써 안다는 듯이 대수롭지 않게 대답을 하더군요. 그래서 나는,

"언제부터 와 있나?"

하고 물으니까,

"오늘부텀."

"애구 좋아."

하고 내가 손뼉을 치니까 어머니는 내 손을 꼭 붙잡으면서,

"왜 이리 수선이야."

"그럼 작은외삼촌은 어데루 가나?"

"외삼촌도 사랑에 계시지."

"그럼 둘이 있나?"

"응."

"한 방에 둘이 있어?"

"왜 장지문 닫구 외삼촌은 아랫방에 계시구 그 아저씨는 윗방에 계시구, 그러지."

발단 나의 가족 관계와 가정 형편 소개

나는 그 아저씨가 어떠한 사람인지는 몰랐으나 첫날부터 내게는 퍽 고맙게 굴고, 나도 그 아저씨가 꼭 마음에 들었어요. 어른들이 저희끼리 말하는 것을 들으니까 그 아저씨는 돌아가신 우리 아버지와 어렸을 적 친구라고요. 어디 먼 데 가서

장지문 방과 방 사이, 혹은 방과 마루 사이 있는 문.

공부를 하다가 요새 돌아왔는데, 우리 동리 학교 교사로 오게 되었대요. 또 우리 큰외삼촌과도 동무인데, 이 동리에는 하숙도 별로 깨끗한 곳이 없고 해서 윗사랑으로 와 계시게 되었다고요. 또 우리도 그 아저씨한테 밥값을 받으면 살림에 보탬도 좀 되고 한다고요.

그 아저씨는 °그림책9 들을 얼마든지 가지고 있어요. 내가 사랑방으로 나가면 그 아저씨는 나를 무릎에 앉히고 그림책들을 보여 줍니다. 또 가끔 과자도 주고요.

어느 날은 점심을 먹고 이내 살그머니 사랑에 나가 보니까 아저씨는 그때야 점심을 잡수셔요. 그래 가만히 앉아서 점심 잡숫는 걸 구경하고 있노라니까, 아저씨가,

"옥희는 어떤 반찬을 제일 좋아하누?"

하고 묻겠지요. 그래 삶은 달걀을 좋아한다고 했더니 마침 상에

---

9 나의 아저씨에 대한 관심을 나타내는 소재.

놓인 삶은 달걀을 한 알 집어 주면서 나더러 먹으라고 합니다. 나는 그 달걀을 벗겨 먹으면서,

"아저씨는 무슨 반찬이 제일 맛나우?"

하고 물으니까, 그는 한참이나 빙그레 웃고 있더니,

"나두 삶은 달걀."

하겠지요. 나는 좋아서 손뼉을 짤깍짤깍 치고,

"아, 나와 같네. 그럼, 가서 어머니한테 알려야지."

하면서 일어서니까, 아저씨가 꼭 붙들면서,

"그러지 말어."

그러시겠지요. 그래도, 나는 한 번 맘을 먹은 다음엔 꼭 그대로 하고야 마는 성미지요. 그래서 안마당으로 뛰어 들어가면서,

*"엄마, 엄마, 사랑 아저씨두 나처럼 삶은 달걀을 제일 좋아한대." 10

하고, 소리를 질렀지요.

"떠들지 말어."

하고 어머니는 눈을 흘기십니다.

그러나 사랑 아저씨가 달걀을 좋아하는 것이 내게는 썩 좋게 되었어요. 그것은 그 다음부터는 어머니가 달걀을 많이씩 사게 되었으니까요. 달걀 장수 노파가 오면 한꺼번에 열 알도 사고 스무 알도 사고, 그래선 두고두고 삶아서 아저씨 상에도 놓고 또 으레 나도 한 알씩 주고 그래요. 그뿐만 아니라 아저씨한테 놀러 나가면 가끔 아저씨가 책상 서랍 속에서 달걀을 한두 알 꺼내서 먹으라고 주지요. 그래, 그 담부터는 나는 아주 실컷 달걀을 많이 먹었어요.

나는 아저씨가 매우 좋았어요 마는, 외삼촌은 가끔 툴툴하는 때

가 있었어요. 아마 아저씨가 마음에 안 드나 봐요. 아니, 그것보다도 아저씨 상 심부름을 꼭 외삼촌이 하게 되니까, 그것이 싫어서 그러나 봐요. 한 번은 어머니와 외삼촌이 말다툼하는 것까지 내가 들었어요. 어머니가,

"야, 또 어데 나가지 말구 사랑에 있다가 선생님 들어오시거든 상 내가야지."

하고 말씀하시니까, 외삼촌은 얼굴을 찡그리면서,

"제길, 남 어디 좀 볼일이 있는 날은 으레 끼니때에 안 들어오고 늦어지니……."

하고 툴툴하겠지요. 그러니까 어머니는,

"그러니 어짜갔니? 너밖에 사랑 출입할 사람이 어디 있니?"

"누님이 좀 상 들구 나가구려. 요새 세상에 °내외[11]합니까!"

어머니가 갑자기 얼굴이 발개지시고 아무 대답도 없이 그냥 외삼촌에게 향하여 눈을 흘기셨습니다. 그러니까, 외삼촌은 흥흥 웃으면서 사랑으로 나갔지요.

나는 유치원에 가서 창가도 배우고 댄스도 배우고 하였습니다. 유치원 여자 선생님이 풍금°을
노래
아주 썩 잘 타요. 그런데, 우리 유치원에 있는 풍금은 예배당에 있는 풍금과는 아주 다른데, 퍽

풍금 페달을 밟아서 바람을 넣어 소리를 내는 건반 악기로, 학교와 교회 등에서 주로 쓰였다.

---

10 어머니와 아저씨 간의 연정을 뒷받침하는 에피소드.

11 '내외하다'는 외간 남녀 간에 얼굴을 대하지 않고 서로 피한다는 뜻으로, 당시의 사회상을 반영함.

조그마한 것이지마는 소리는 썩 좋아요. 그런데 우리 집 윗간에도 유치원 풍금과 똑같이 생긴 것이 놓여 있는 것이 갑자기 생각이 났어요. 그래, 그 날 나는 집으로 오는 길로 어머니를 끌고 윗간으로 가서,

"엄마, 이거 °풍금12아니우?"

하고 물으니까, 어머니는 빙그레 웃으시면서,

"그렇단다, 그건 어찌 알았니?"

"우리 유치원에 있는 풍금이 이것과 똑같은데 무얼. 그럼, 엄마두 풍금 탈 줄 아우?"

하고 나는 다시 물었습니다. 그것은 내가 이때껏 한 번도 어머니가 풍금 앞에 앉은 것을 본 일이 없기 때문입니다.

어머니는 아무 대답도 아니하십니다.

"엄마, 이 풍금 좀 타 봐!"

하고 재촉하니까, 어머니 얼굴은 약간 흐려지면서,

"그 풍금은 °너의 아버지가 날 사다 주신 거란다. 너의 아버지 돌아가신 후로 그 풍금은 이때까지 뚜껑두 한 번 안 열어 보았다⋯⋯."13

이렇게 말씀하시는 어머니 얼굴을 보니까 금방 또 울음보가 터질 것만 같아 보여서 나는 그만,

"엄마, 나 사탕 주어."

하면서 아랫방으로 끌고 내려왔습니다.

아저씨가 사랑에 와 계신 지 벌써 여러 밤을 잔 뒤입니다. 아마 한

달이나 되었지요. 나는 거의 매일 아저씨 방에 놀러 갔습니다. 어머니는 나더러 그렇게 가서 귀찮게 굴면 못쓴다고 가끔 꾸지람을 하시지만, 정말이지 나는 조금도 아저씨를 귀찮게 굴지는 않았습니다. °도리어 아저씨가 나를 귀찮게 굴었지요.[14]

"옥희 눈이 아버지를 닮았다. 고 고운 코는 아마 어머니를 닮았지, 고 입하고! 응, 그러냐, 안 그러냐? 어머니도 옥희처럼 곱지, 응?"

이렇게 여러 가지로 물을 적도 있습니다. 그래서 나는,

"아저씨, 입때 우리 엄마 못 봤수?"
      아직

하고 물었더니, 아저씨는 잠잠합니다. 그래 나는,

°"우리 엄마 보러 들어갈까?"[15]

하면서 아저씨 소매를 잡아당겼더니, 아저씨는 펄쩍 뛰면서,

"아니, 아니, 안 돼. 난 지금 분주해서."

하면서 나를 잡아끌었습니다. 그러나 정말로는 무어 그리 분주하지도 않은 모양이었어요. 그러기에 나더러 가란 말도 않고 그냥 나를 붙들고 앉아서, 머리도 쓰다듬어 주고 뺨에 입도 맞추고 하면서,

"요 저고리 누가 해 주지? …… 밤에 엄마하구 한 자리에서 자니?"

하는 등 쓸데없는 말을 자꾸만 물었지요.

---

12 어머니와 아저씨 사이에 발전하게 될 미묘한 감정 변화를 나타내는 도구. 아버지의 사랑이 묻어 있는 '풍금'을 배치하여 묘한 심리적 갈등을 유발시킴.

13 어머니의 폐쇄적인 가치관이 나타나 있음.

14 아저씨의 어머니에 대한 관심이 '나'를 통해 표출되는 것을 '귀찮다'고 표현함.

15 어린아이의 천진한 태도.

그러나 웬일인지 나를 그렇게도 귀여워해 주던 아저씨도 아랫방에 외삼촌이 들어오면 갑자기 태도가 달라지지요. 이것저것 묻지도 않고 나를 껴안지도 않고 점잖게 앉아서 그림책이나 보여 주고 그러지요. 아마 아저씨가 우리 외삼촌을 무서워하나 봐요.

하여튼 어머니는 나더러 너무 아저씨를 귀찮게 한다고 어떤 때는 저녁 먹고 나서 나를 방 안에 가두어 두고 못 나가게 하는 때도 더러 있었습니다. 그러나 조금 있다가 어머니가 바느질에 정신이 팔려서 골몰하고 있을 때 몰래 가만히 일어나서 나오지요. 그런 때에는 어머니가 내가 문 여는 소리를 듣고서야 퍼뜩 정신을 차려서 쫓아와 나를 붙들지요. 그러나 그런 때는 어머니는 골을 아니 내시고,

*"이리 온, 이리 와서 머리 빗고……."

하고 끌어다가 머리를 다시 곱게 땋아 주시지요. [16]

"머리를 곱게 땋고 가야지. 그렇게 되는 대루 하구 가문 아저씨가 숭 보시지 않니?"

하시면서 또 어떤 때에는 머리를 다 땋아 주시고는,

"응, 저고리가 이게 무어야?"

하시면서 새 저고리를 내어 주시는 때도 있습니다.

전개 사랑방에 머무는 아저씨가 어머니에게 관심을 보임

어떤 토요일 오후였습니다. 아저씨는 나더러 뒷동산에 올라가자고 하셨습니다. 나는 너무나 좋아서 가자고 그러니까 아저씨가,

"들어가서 어머니께 허락받고 온."

하십니다. 참 그렇습니다. 나는 뛰어 들어가서 어머니께 허락을

받았습니다. 어머니는 내 얼굴을 다시 세수시켜 주고 머리도 다시 땋고 그리고 나서는 나를 아스러지도록 한 번 몹시 껴안았다가 놓아 주었습니다.

*"너무 오래 있지 말고, 응."

하고 어머니는 크게 소리치셨습니다. 아마 사랑 아저씨도 그 소리를 들었을 거야요.[17]

뒷동산에 올라가서는 *정거장[18]을 한참 내려다보았으나 기차는 안 지나갔습니다. 나는 풀잎을 쭉쭉 뽑아 보기도 하고 땅에 누운 아저씨의 다리를 꼬집어보기도 하면서 놀았습니다. 한참 후에 아저씨와 손목을 잡고 내려오는데 유치원 동무들을 만났습니다.

"옥희가 아빠하구 어디 갔다 온다, 응."

하고 한 동무가 말하였습니다. 그 아이는 우리 아버지가 돌아가신 줄을 모르는 아이였습니다. 나는 얼굴이 빨개졌습니다. 그 때 나는 얼마나 이 아저씨가 정말 우리 아버지였더라면 하고 생각했는지 모릅니다. 나는 정말로 한 번만이라도,

'아빠!'

하고 불러 보고 싶었습니다. 그리고 그 날 그렇게 아저씨하고 손목을 잡고 골목을 지나오는 것이 어찌도 재미가 좋았는지요.

나는 대문까지 와서,

"난 아저씨가 우리 아빠래문 좋겠다."

---

16 어머니의 아저씨에 대한 감정 표출이 간접적으로 드러나 있음.
17 어머니의 의사전달이 '나'를 매개로 간접적으로 이루어지고 있음.
18 기차 정거장을 제시하여 결말에 아저씨가 떠남을 암시함. 복선.

하고 불쑥 말해 버렸습니다. 그랬더니, 아저씨는 얼굴이 홍당무처럼 빨개져서 나를 몹시 흔들면서,

"그런 소리하문 못 써."

하고 말하는데, 그 목소리가 몹시도 떨렸습니다. 나는 아저씨가 몹시 성이 난 것처럼 보여서 아무 말도 못 하고 안으로 뛰어들어갔습니다. 어머니가,

"어디까지 갔던?"

하고 나와 안으며 묻는데, 나는 대답도 못 하고 그만 훌쩍훌쩍 울었습니다. 어머니는 놀라서,

"옥희야, 왜 그러니? 응?"

하고 자꾸만 물었으나, 나는 아무 대답도 못 하고 울기만 했습니다.

이튿날은 일요일이어서, 나는 어머니와 함께 예배당에를 가려고 차리고 나서 어머니가 옷을 갈아입는 동안 잠깐 사랑에를 나가 보았습니다. '아저씨가 아직두 성이 났나?' 하고 가만히 방 안을 들여다보았더니 책상에 앉아서 무엇을 쓰고 있던 아저씨가 내다보면서 빙그레 웃었습니다. 그 웃음을 보고 나는 마음을 놓았습니다. 아저씨가 지금은 성이 풀린 것이 확실하니까요. 아저씨는 나를 이리 보고 저리 보고 훑어보더니,

"옥희 오늘 어디 가노? 저렇게 곱게 채리구."

하고 물었습니다.

"엄마하고 예배당에 가."

"예배당에?"

하고 나서, 아저씨는 잠시 나를 멍하니 바라다보더니,

"어느 예배당에?"

하고 물었습니다.

"요 앞에 예배당에 가지, 뭐."

"응? 요 앞이라니?"

이 때 안에서,

"옥희야."

하고 부드럽게 부르는 어머니 목소리가 들렸습니다. 나는 얼른 안으로 뛰어들어오면서 돌아다보니까, 아저씨는 또 얼굴이 빨갛게 성이 났겠지요. 내 원, 참으로 무슨 일로 요새는 아저씨가 그렇게 성을 잘 내는지 알 수 없었습니다.

예배당에 가서 찬미하고 기도하다가 기도하는 중간에 갑자기 나는 '혹시 아저씨두 예배당에 오지 않았나?' 하는 생각이 나서 눈을 뜨고 고개를 들어 남자석을 바라다보았습니다. *그랬더니 하, 바로 거기에 아저씨가 와 앉아 있겠지요.[19]

그런데 아저씨는 어른이면서도 눈 감고 기도하지 않고 우리 아이들처럼 눈을 번히 뜨고 여기저기 두리번두리번 바라봅니다. 나는 얼른 아저씨를 알아보았는데 아저씨는 나를 못 알아보았는지 내가 빙그레 웃어 보여도 웃지도 않고 멀거니 보고만 있겠지요. 그래 나는 손을 흔들었지요. 그러니까 아저씨는 얼른 고개를 숙이고 말더군요. 그 때 어머니가 내가 팔 흔드는 것을 깨닫고 두 손으로 나를

---

19 아저씨의 어머니에 대한 관심을 우연적인 일에 기대어 표현.

붙들고 끌어당기더군요. 나는 어머니 귀에다 입을 대고,

"저기 아저씨두 왔어."

하고 속삭이니까 어머니는 흠칫하면서 내 입을 손으로 막고 막 잡아끌어다가 옆에 앉히고 고개를 누르더군요. 보니까 어머니도 얼굴이 홍당무처럼 빨개졌더군요.

그 날 예배는 아주 젬병이었지요. 웬일인지, 예배가 다 끝날 때까지 어머니는 성이 나서 강대만 향하여 앞으로 바라보고 앉았고, 이전 모양으로 가끔 나를 내려다보고 웃는 일이 없었어요. 그리고 아저씨를 보려고 남자석을 바라다보아도 아저씨도 한 번도 바라다보아 주지도 않고 성이 나서 앉아 있고, 어머니도 나를 보지도 않고 공연히 꽉꽉 잡아당기지요. 왜 모두들 그리 성이 났는지……. 나는 그만 으악 하고 한번 울고 싶었어요. 그러나 바로 멀지 않은 곳에 우리 유치원 선생님이 앉아 있어서 울고 싶은 것을 아주 억지로 참았답니다.

내가 유치원에 입학한 후, 처음 얼마 동안은 유치원에 갈 때나 올 때나 외삼촌이 바래다 주었습니다. 그러나 여러 밤을 자고 난 뒤에는 나 혼자서도 넉넉히 다니게 되었어요. 그러나 언제나 내가 유치원에서 돌아오는 때이면 어머니가 옆 대문 우리 집에는 대문이 사랑 대문과 옆 대문 둘이 있어서 °어머니는 늘 이 옆 대문으로만 출입하시는 것이었습니다.[20] — 밖에 기다리고 섰다가 내가 달음질쳐 가면, 안고 집안으로 들어가곤 하는 것이었습니다.

그런데 하루는 어쩐 일인지 어머니가 대문간에 보이지를 않겠지요. 어떻게도 화가 나던지요. 물론 머릿속으로는, '아마 외할머니 댁

에 가셨나 부다.' 하고 생각했지마는 하여튼 내가 돌아왔는데 문간에서 기다리지 않고 집을 떠났다는 것이 몹시 나쁘게 생각되더군요. 그래서 속으로 '오늘 엄마를 좀 골려야겠다.' 하고 생각하고 있는데 옆 대문 밖에서,

"아이고, 애가 원 벌써 왔나?"

하고 어머니 목소리가 들리더군요. 그 순간 나는 얼른 신을 벗어 들고 안방으로 뛰어들어 가서 벽장문을 열고, 그 속에 들어가서 숨어 버렸습니다.

"옥희야, 옥희 너, 여태 안 왔니?"

하는 어머니 목소리가 바로 뜰에서 나더니,

"여태 안 왔군."

하면서 밖으로 나가는 모양이었습니다. 나는 재미가 나서 혼자 흐흥흐흥 웃었습니다.

한참을 있더니 집에는 온통 야단이 났습니다. 어머니 목소리도 들리고, 외할머니 목소리도 들리고, 외삼촌 목소리도 들리고……

"글쎄 하루 종일 집이라군 안 떠났다가 옥희 유치원 파하구 오문, 멕일 과자가 없기에 어머님 댁에 잠깐 갔다 왔는데, 고 동안에 이런 변이 생긴 걸……"

하는 것은 어머니 목소리.

"글쎄, 유치원에서 벌써 이십 분 전에 떠났다는데 원 중간에서……"

---

20 어머니의 봉건적인 가치인식을 보여주는 행동.

하는 것은 외할머니 목소리.

"하여튼 내 나가서 돌아댕겨 볼웨다. 원 고것이 어딜 갔담?"

하는 것은 외삼촌의 목소리.

이윽고 어머니의 울음소리가 가늘게 들렸습니다. 외할머니는 무어라고 중얼중얼 이야기하는 모양이었습니다. '이젠 그만하고 나갈까?' 하고도 생각했으나, '지난 주일날 예배당에서 성냈던 앙갚음을 해야지.' 하는 생각이 나서 °나는 그냥 벽장 안에 누워 있었습니다.[21] 벽장 안은 답답하고 더웠습니다. 그래서 이윽고 부지중에 나는 슬며시 잠이 들고 말았습니다.

얼마 동안이나 잤는지요? 이윽고 잠을 깨어 보니까 아까 내가 벽장 안으로 들어왔던 것을 잊어버리고 참 이상스러운 데에 내가 누워 있거든요. 어두컴컴하고 좁고 덥고…… 나는 갑자기 무서운 생각이 나서 엉엉 울기 시작했지요. 그러자 갑자기 어디 가까운 데서 어머니의 외마디 소리가 나더니 벽장문이 벌컥 열리고 어머니가 달려들어서 나를 안아 내렸습니다.

"요 망할 것아."

하면서 어머니가 내 엉덩이를 댓 번 때렸습니다. 나는 더욱더 소리를 내서 울었습니다. 그 때 어머니는 나를 끌어안고 어머니도 따라 울었습니다.

°"옥희야, 옥희야, 응, 인제 괜찮다. 엄마 여기 있지 않니, 응. 울지 마라, 옥희야. 엄마는 옥희 하나문 그뿐이다. 옥희 하나만 바라구 산다. 난 너 하나문 그뿐이야. 세상 다 일이 없다. 옥희만 있으면 엄마는 산다. 옥희야 응, 울지 말라 응, 울지 마라."[22]

이렇게 어머니는 나더러 자꾸 울지 말라고 하면서도 어머니는 그치지 않고 자꾸자꾸 울었습니다. 외할머니는,

"원 고것이 도깨비가 들렸단 말인가, 벽장 속에 왜 숨는담."

하고 앉아 있고, 외삼촌은,

"에, 재수 메유다."

<u>재수 없다</u>

하면서 밖으로 나갔습니다.

위기 어머니와 아저씨 사이의 심리적 화합과 갈등

이튿날 유치원을 파하고 집으로 오게 된 때 나는 갑자기 어제 벽장 속에 숨었다가 어머니를 몹시 울게 했던 생각이 나서 집으로 돌아가기가 어째 부끄러워졌습니다. '오늘은 어머니를 좀 기쁘게 해드려야 할 텐데…… 무엇을 갖다 드리면 기뻐할까?' 하고 생각하였습니다. 그러자 문득 유치원 안의 선생님 책상 위에 놓여 있던 꽃병 생각이 났습니다. 그 꽃은 개나리도 아니고 진달래도 아니었습니다. 그런 꽃은 나도 잘 알고 또 그런 꽃은 벌써 피었다가 져 버린 후였습니다. 무슨 서양 꽃이려니 하고 나는 생각하였습니다. 나는 우리 어머니가 꽃을 사랑하는 줄을 잘 압니다. 그래서 그 꽃을 갖다가 드리면 어머니가 몹시 기뻐하려니 하고 생각하였습니다.

그래서 나는 도로 유치원 방 안으로 들어갔습니다. 마침 방 안에는 아무도 없었습니다. 선생님도 잠깐 어디를 가셨는지 보이지 않

---

21 행동을 통해 화자의 성격이 간접적으로 제시됨.

22 어머니의 내면적 갈등이 드러나는 대사. 아저씨를 사랑하고픈 본능과 사회적 인습 사이의 갈등이 드러남.

있습니다. 그래, 나는 그 꽃을 두어 개 얼른 빼들고 달음질쳐 나왔지요.

집에 오니 어머니는 문간에 기다리고 있다가 나를 안고 들어갔습니다.

"그 꽃은 어디서 났니? 퍽 곱구나."

하고 어머니가 말씀하셨습니다. 그러나 나는 갑자기 말문이 막혔습니다.

'이걸 엄마 드릴라구 유치원서 가져왔어.' 하고 말하기가 어째 몹시 부끄러운 생각이 들었습니다. 그래, 잠깐 망설이다가,

"응, 이 *꽃²³. 저, 사랑 아저씨가 엄마 갖다 주라구 줘."

하고 불쑥 말했습니다. 그런 거짓말이 어디서 그렇게 툭 튀어나왔는지 나도 모르지요.

꽃을 들고 냄새를 맡고 있던 어머니는 내 말이 끝나기가 무섭게 무엇에 몹시 놀란 사람처럼 화닥닥하였습니다. 그리고는 금시에 어머니 얼굴이 그 꽃보다 더 빨갛게 되었습니다. *그 꽃을 든 어머니 손가락이 파르르 떠는 것을 나는 보았습니다²⁴.

어머니는 무슨 무서운 것을 생각하는 듯이 방 안을 휘 한 번 둘러보시더니,

"옥희야, 그런 걸 받아 오문 안 돼."

하고 말하는 목소리는 몹시 떨렸습니다. 나는 꽃을 그렇게도 좋아하는 어머니가, 이 꽃을 받고 그처럼 성을 낼 줄은 참으로 뜻밖이었습니다. 어머니가 그렇게도 성을 내는 것을 보니까 그 꽃을 내가 가져왔다고 그러지 않고 아저씨가 주더라고 거짓말을 한 것이 참 잘

되었다고 나는 속으로 생각했습니다. 어머니가 성을 내는 까닭을 나는 모르지만, 하여튼 성을 낼 바에는 내게 내는 것보다 아저씨에게 내는 것이 내게는 나았기 때문입니다. 한참 있더니 어머니는 나를 방 안으로 데리고 들어와서,

"옥희야, 너 이 꽃 얘기 아무보구두 하지 말아라, 응."

하고 타일러 주었습니다. 나는,

"응."

하고 대답하면서 고개를 여러 번 까닥까닥했습니다.

어머니가 그 꽃을 곧 내버릴 줄로 나는 생각했습니다마는 *내버리지 않고 꽃병에 꽂아서 풍금 위에 놓아두었습니다.[25]

아마 퍽 여러 밤 자도록 그 꽃은 거기 놓여 있어서 마지막에는 시들었습니다. 꽃이 다 시들자 어머니는 가위로 그 대를 잘라내 버리고, 꽃만은 찬송가 갈피에 곱게 끼워 두었습니다.

내가 어머니께 꽃을 갖다 주던 날 밤에 나는 또 사랑에 놀러 나가서 아저씨 무릎에 앉아서 그림책을 보고 있었습니다. 갑자기 아저씨 몸이 흠칫하였습니다. 그리고는 귀를 기울입니다. 나도 귀를 기울였습니다.

*풍금 소리![26]

그 풍금 소리는 분명 안방에서 흘러나오는 것이었습니다.

---

23 어머니의 갈등을 심화시키는 소재.

24 내면적으로 갈등하는 심리 묘사.

25 어머니의 흔들리는 마음의 표현.

26 닫혀 있던 풍금이 열린다는 것은 어머니의 심정 변화를 나타냄.

"엄마가 풍금을 타나 부다."

하고, 나는 벌떡 일어나서 안으로 뛰어왔습니다. 안방에는 불을 켜지 않았습니다. 그러나 *그 때는 음력으로 보름께나 되어서 달이 낮같이 밝은데 은빛 같은 흰 달빛이 방 한 절반 가득히 차 있었습니다.[27] 나는 그 흰 옷을 입은 어머니가 풍금 앞에 앉아서 고요히 풍금을 타는 것을 보았습니다.

나는 나이 지금 여섯 살밖에 안 되었지마는, 하여튼 어머니가 풍금을 타시는 것을 보는 것은 오늘이 처음이었습니다. 어머니는 우리 유치원 선생님보다도 풍금을 더 잘 타시는 것이었습니다. 나는 어머니 곁으로 갔습니다마는 어머니는 내가 곁에 온 것도 깨닫지 못하는지 그냥 까딱 아니하고 앉아서 풍금을 탔습니다. 조금 있더니 어머니는 풍금 곡조에 맞추어 *노래[28]를 부르기 시작하였습니다. 어머니의 목소리가 그렇게 아름다운 것도 나는 이때까지 모르고 있었습니다. 어머니는 참으로 우리 유치원 선생님보다도 목소리가 훨씬 더 곱고 또 노래도 훨씬 더 잘 부르시는 것이었습니다. 나는 가만히 서서 어머니 노래를 들었습니다. 그 노래는 마치도 은실을 타고 별나라에서 내려오는 노래처럼 아름다웠습니다. 그러나 얼마 오래지 않아 목소리는 약간 떨리기 시작했습니다. 가늘게 떨리는 노랫소리, 그에 따라 풍금의 가는 소리도 바르르 떠는 듯했습니다. 노랫소리는 차차 가늘어지더니 마지막에는 사르르 없어져 버렸습니다. 풍금 소리도 사르르 없어졌습니다. 어머니는 고요히 일어나시더니 옆에 섰는 내 머리를 쓰다듬었습니다. 그 다음 순간 어머니는 나를 안고 마루로 나오셨습니다. 어머니는 아무 말씀도 없이 그냥 꼭꼭 껴안는 것이었습니다. 달빛을 함빡 받은 내 어머니 얼굴은 몹시도 *새하얗다고[29] 생각되었습니다. 우리 어머니는 참으로 천사 같다고 생각하였습니다.

*우리 어머니의 새하얀 두 뺨 위로는 쉴 새 없이 두 줄기 눈물이 줄줄 흘러내리고 있는 것을 나는 보았습니다.[30]

그것을 보니 나도 갑자기 울고 싶어졌습니다.

"어머니, 왜 울어?"

하고 나도 훌쩍거리면서 물었습니다.

"옥희야."

"응?"

한참 동안 어머니는 아무 말씀도 없었습니다. 그러다가 한참 후에,

*"옥희야, 난 너 하나문 그뿐이다."[31]

"엄마."

어머니는 다시 대답이 없으셨습니다.

하루는 밤에 아저씨 방에서 놀다가 졸려서 안방으로 들어오려고 일어서니까 아저씨가 하아얀 봉투를 서랍에서 꺼내어 내게 주었습

---

27 심리적 변화를 나타내는 배경 묘사. '달빛'은 사랑의 감정에 어울리는 신비로운 분위기를 자아냄.

28 분위기를 한껏 고조시키는 소재.

29 '새하얗다'는 내적 갈등이 심화되었음을 나타냄.

30 봉건적 인습에 순응하고자 하는 내면적 다짐의 표현.

31 흔들리는 마음을 다잡고자 하는 어머니.

니다.

"옥희, 이거 갖다가 엄마 드리고 지나간 달 밥값이라구, 응?"

나는 그 봉투를 갖다가 어머니에게 드렸습니다. 어머니는 그 봉투를 받아 들자 갑자기 얼굴이 파랗게 질렸습니다. 그 전날 달밤에 마루에 앉았을 때보다도 더 새하얗다고 생각되었습니다. 어머니는 그 봉투를 들고 어쩔 줄을 모르는 듯이 초조한 빛이 나타났습니다. 나는,

"그거 지나간 달 밥값이래."

하고 말을 하니까, 어머니는 갑자기 잠자다 깨나는 사람처럼 "응." 하고 놀라더니, 또 금시에 백지장같이 새하얗던 얼굴이 발갛게 물들었습니다. 봉투 속으로 들어갔던 어머니의 파들파들 떨리는 손가락이 지전을 몇 장 끌고 나왔습니다. 어머니는 입술에 약간 웃음을 띠면서 후 하고 한숨을 내쉬었습니다. 그러나 그것도 잠시 다시 어머니는 무엇에 놀랐는지 흠칫하더니, 금시에 얼굴이 새하얘지고 입술이 바르르 떨렸습니다. 어머니의 손을 바라다보니 거기에는 지전 몇 장 외에 네모로 접은 하얀 종이가 한 장 잡혀 있는 것이었습니다.

어머니는 한참을 망설이는 모양이었습니다. 그러나 무슨 결심을 한 듯이 입술을 악물고, 그 종이를 차근차근 펴 들고 그 안에 쓰인 글을 읽었습니다. 나는 그 안에 무슨 글이 씌어 있는지 알 도리가 없었으나, 어머니는 그 글을 읽으면서 금시에 얼굴이 파랬다 발갰다 하고, 그 종이를 든 손은 이제는 바들바들이 아니라 와들와들 떨리어서 그 종이가 부석부석 소리를 내게 되었습니다.

한참 후에 어머니는 그 종이를 아까 모양으로 네모지게 접어서 돈과 함께 봉투에 도로 넣어 반짇고리에 던졌습니다. 그리고는 정신 나간 사람처럼 멀거니 앉아서 전등만 쳐다보는데 어머니 가슴이 불룩불룩합니다. 나는 혹시 어머니가 병이나 나지 않았나 하고 염려가 되어서 얼른 가서 무릎에 안기면서,

"엄마 잘까?"

하고 말했습니다.

엄마는 내 뺨에 입을 맞추어 주었습니다. 그런데 어머니의 입술이 어쩌면 그리도 뜨거운지요. 마치 불에 달군 돌이 볼에 와 닿는 것 같았습니다.

한참을 자고 나서 잠이 채 깨지는 않았으나 어렴풋한 정신으로 옆을 쓸어 보니 어머니가 없었습니다. 가끔 가다가 나는 그런 버릇이 있어요. 어렴풋한 정신으로 옆을 쓸면 어머니의 보드라운 살이 만져지지요. 그러면 다시 나는 잠이 들어 버리곤 하는 것이었습니다.

어머니가 자리에 없다는 것을 알게 되자 나는 갑자기 무서워졌습니다. 그래서 잠은 다 달아나고 눈을 번쩍 뜨고 고개를 돌려 살펴보았습니다. 방 안에는 불은 안 켰지만 어슴푸레하게 밝습니다. 뜰로 하나 가득한 달빛이 방 안에까지 희미한 밝음을 던져 주는 것이었습니다. 윗목을 보니 우리 °아버지의 옷[32]을 넣어 두고 가끔 어머니가 꺼내서 쓸어 보시는 그 장롱 문이 열려 있고, 그 아래 방바닥에는 흰 옷이 한 무더기 널려 있습니다. 그리고 그 옆에는 장롱을

---

[32] 아버지에 대한 사랑 환기, 아저씨와의 사랑에 대한 걸림돌.

반쯤 기대고 자리옷만 입은 어머니가 주춤하고 앉아서 고개를 위로 쳐들고 눈을 감고 무엇이라고 입술로 소곤소곤 외고 있는 것이 보였습니다. 아마 기도를 하나 보다 하고 나는 생각했습니다. 나는 자리에서 일어나서 기어가서 어머니 무릎을 뻐개고 기어 들어갔습니다.

"엄마, 무얼 해?"

어머니는 소곤거리기를 그치고 눈을 떠서 나를 한참이나 물끄러미 들여다보십니다.

"옥희야."

"응?"

"가서 자자."

"엄마두 같이 자."

"응, 그래 엄마도 같이 자."

그 목소리가 어째 *싸늘하다고[33] 내게 생각되었습니다.

어머니는 돌아가신 아버지의 옷들을 한 가지씩 들고는 가만히 손바닥으로 쓸어 보고는 장롱 안에 넣었습니다. 하나씩 하나씩 장롱에 넣곤 하여, 그 옷을 넣은 다음, 장롱 문을 닫고 *쇠를 채우고[34], 그리고 나서 나를 안고 자리로 돌아왔습니다.

"엄마, 우리 기도하고 자?"

하고, 나는 물었습니다. 어머니는 나를 밤마다 재워 줄 때마다 반드시 기도를 하는 것이었습니다. 내가 할 줄 아는 기도는 주기도문 뿐이었습니다. 그 뜻은 하나도 모르지만 어머니를 따라서 자꾸자꾸 해 보아서 지금에는 나도 주기도문을 잘 외웁니다. 그런데 웬일인지 어젯밤 잘 때에는 어머니가 기도할 것을 잊어버리고, 그냥 잤던 것이 지금 생각이 났기 때문에 나는 그렇게 물었던 것입니다. 어젯밤 자리에 들 때 내가,

"기도할까?"

하고 말하고 싶었으나 어머니가 너무도 슬픈 빛을 띠고 있어서 그만 나도 가만히 아무 소리 없이 잠이 들고 말았던 것입니다.

"응, 기도하자."

하고 어머니가 고요히 기도했습니다.

"엄마가 기도해."

하고 나는 갑자기 어머니의 기도하는 보드라운 음성이 듣고 싶어 져서 말했습니다.

"하늘에 계신 우리 아버지시여."

어머니는 고요히 기도를 시작하였습니다.

"이름을 거룩하게 하옵시며, 나라에 임하옵시며, 뜻이 하늘에서 이루어진 것처럼 땅에서도 이루어지이다. 오늘날 우리에게 일용할 양식을 주옵시고, 우리가 우리에게 죄 지은 자를 용서하여 준 것처럼 우리 죄를 사하여 주옵시고, *우리를 시험에 들지 말게 하옵시고…… 우리를 시험에 들지 말게 하옵시고…… 시험에 들지 말게…… 시험에 들지 말게……."[35]

---

33 여기서 '싸늘하다'는 어머니의 내면적 다짐이 이루어진 상태를 나타냄.
34 쇠를 채운다는 것은 사랑 아저씨에 대한 연모의 마음이 봉건적 윤리 의식에 의해 완전히 닫힘을 암시함.
35 갈등이 최고조에 이른 부분.

이렇게 어머니는 자꾸 되풀이하였습니다. 나도 지금은 막히지 않고 줄줄 외는 주기도문을 글쎄 어머니가 막히다니 참으로 우스운 일이었습니다.

"시험에 들지 말게……, 시험에 들지 말게……."

하고 자꾸만 되풀이하는 것을 나는 참다못해서,

"엄마, 내 마저 할게."

하고,

"다만 악에서 구하옵소서. 대개 나라와 권세와 영광이 아버지께 영원히 있사옵나이다."

하고 내가 끝을 마쳤습니다. 어머니는 한참이나 가만있다가 오랜 후에야 겨우,

"아멘"

하고 속삭이었습니다.

절정 아저씨의 구애와 어머니의 거절

요새 와서 어머니의 하는 일이란 참으로 알 수가 없는 노릇입니다. 어떤 때는 어머니도 퍽 유쾌하셨습니다. 밤에 때로는 풍금을 타고 또 때로는 찬송가도 부르고 그러실 때에는 나도 너무도 좋아서 가만히 어머니 옆에 앉아서 듣습니다. 그러나 가끔가끔 그 독창은 소리 없는 울음으로 끝을 맺는 때가 많은데, 그런 때면 나도 따라서 울었습니다. 그러면 어머니는 나를 안고 내 얼굴에 돌아가면서 무수히 입을 맞추어 주면서,

"엄마는 옥희 하나문 그뿐이야, 응, 그렇지……."

하시면서 *언제까지나 언제까지나 우시는 것이었습니다.[36]

어떤 일요일 날, 그렇지요. 그것은 유치원 방학하고 난 그 이튿날이었습니다. 그날 어머니는 갑자기 머리가 아프시다고 예배당을 그만두었습니다. 사랑에서는 아저씨도 어디 나가고 외삼촌도 어디 나가고 집에는 어머니와 나와 단 둘이 있었는데, 머리가 아프다고 누워 계시던 어머니가 갑자기 나를 부르시더니,

"옥희야, 너 아빠가 보고 싶니?"

하고 물으십니다.

"응, 우리두 아빠 하나 있으문."

하고 나는 혀를 까불고 어리광을 좀 부려 가면서 대답을 했습니다. 한참 동안을 어머니는 아무 말씀도 아니하시고 천장만 바라다보시더니,

"옥희야, 옥희 아버지는 옥희가 세상에 나오기도 전에 돌아가셨단다. 옥희두 아빠가 없는 건 아니지. 그저 일찍 돌아가셨지. 옥희가 이제 아버지를 새로 또 가지면 세상이 욕을 한단다. 옥희는 아직 철이 없어서 모르지만 세상이 욕을 한단다. 사람들이 욕을 해. 옥희 어머니는 화냥년이다. 이러구 세상이 욕을 해. 옥희 아버지는 죽었는데, 옥희는 아버지가 또 하나 생겼대, 참 망측두 하지, 이러구 세상이 욕을 한단다. 그리 되문 옥희는 언제나 손가락질 받구, 옥희는 커두 시집두 훌륭한 데 못 가구. 옥희가 공부를 해서 훌륭하게 돼두 에 그까짓 화냥년의 딸, 이러구 남들이 욕을 한단다."

바람피우는 여자

---

36 이루어질 수 없는 사랑에 대한 아쉬움.

이렇게 어머니는 혼잣말 하시듯 드문드문 말씀하셨습니다. 그리고는 한참 후에,

"옥희야."

하고 또 부르십니다.

"응?"

"옥희는 언제나, 언제나 내 곁을 안 떠나지. 옥희는 언제나, 언제나 엄마하구 같이 살지. 옥희는 엄마가 늙어서 꼬부랑 할미가 되어두, 그래두 옥희는 엄마하구 같이 살지. 옥희가 유치원 졸업하구, 또 소학교 졸업하구, 또 중학교 졸업하구, 또 대학교 졸업하구, 옥희가 조선서 제일 훌륭한 사람이 돼두 그래두 옥희는 엄마하구 같이 살지. 응! °옥희는 엄마를 얼만큼 사랑하나?"[37]

"이만큼."

하고 나는 두 팔을 짝 벌리어 보였습니다.

"응? 얼만큼? 응! 그만큼! 언제나, 언제나, 옥희는 엄마만 사랑하지. 그리구 공부두 잘하구, 그리고 훌륭한 사람이 되구……."

나는 어머니의 목소리가 떨리는 것으로 보아 어머니가 또 울까봐 겁이 나서,

"엄마, 이만큼, 이만큼."

하면서 두 팔을 짝짝 벌리었습니다.

어머니는 울지 않으셨습니다.

"응, 그래, 옥희 엄마는 옥희 하나문 그뿐이야. 세상 다른 건 다 소용없어. 우리 옥희 하나문 그만이야. 그렇지, 옥희야."

"응!"

어머니는 나를 당기어서 꼭 껴안고 내 가슴이 막혀 들어올 때까지 자꾸만 껴안아 주었습니다.

그 날 밤, 저녁밥 먹고 나니까 어머니는 나를 불러 앉히고 머리를 새로 빗겨 주었습니다. *댕기를 새 댕기로 드려 주고, 바지, 저고리, 치마, 모두 새것을 꺼내 입혀 주었습니다.[38]

"엄마, 어디 가?"

하고 물으니까,

"아니."

하고 웃음을 띠면서 대답합니다. 그러더니, 풍금 옆에서 새로 다린 *하얀 손수건[39]을 내리어 내 손에 쥐어 주면서,

"이 손수건, 저 사랑 아저씨 손수건인데, 이것 아저씨 갖다 드리구 와, 응. 오래 있지 말구 손수건만 갖다 드리구 이내 와, 응."

하고 말씀하셨습니다.

손수건을 들고 사랑으로 나가면서 나는 접어진 손수건 속에 무슨 발각발각하는 종이가 들어 있는 것처럼 생각되었습니다마는, *그것을 펴 보지 않고 그냥 갖다가 아저씨에게 주었습니다.[40]

아저씨는 방에 누워 있다가 벌떡 일어나서 손수건을 받는데, 웬일인지 아저씨는 이전처럼 나보고 빙그레 웃지도 않고 얼굴이 몹시 파래졌습니다. 그리고는 입술을 질근질근 깨물면서 말 한 마디 아

---

37 자신의 마음을 다잡으려는 안간힘이 들어 있는 대화.
38 갈등 정리, 소설의 이야기가 이별의 국면으로 전환됨.
39 이별의 소재.
40 손수건 속에 편지가 들어 있음을 암시.

니하고 그 손수건을 받더군요.

나는 어쩌 이상한 기분이 들어서 아저씨 방에 들어가 앉지도 못하고 그냥 되돌아서 안방으로 도로 왔지요. 어머니는 풍금 앞에 앉아서 무엇을 그리 생각하는지 가만히 있더군요. 나는 풍금 옆으로 가서 가만히 옆에 앉아 있었습니다. 이윽고 어머니는 조용조용히 풍금을 타십니다. 무슨 곡조인지는 몰라도 어쩌 구슬프고 고즈넉한 곡조야요.
<u>고즈넉한</u>
조용한

밤이 늦도록 어머니는 풍금을 타셨습니다. 그 구슬프고 고즈넉한 곡조를 계속하고 또 계속하면서…….

여러 밤을 자고 난 어떤 날 오후에 나는 오래간만에 아저씨 방엘 나가 보았더니 아저씨가 짐을 싸느라고 분주하겠지요. 내가 아저씨에게 손수건을 갖다 드린 다음부터는 웬일인지 아저씨가 나를 보아도 언제나 퍽 슬픈 사람, 무슨 근심이 있는 사람처럼 아무 말도 없이 나를 물끄러미 바라다만 보고 있어서, 나도 그리 자주 놀러 오지는 않았던 것입니다. 그랬었는데 °이렇게 갑자기 짐을 꾸리는 것을 보고 나는 놀랐습니다.[41]

"아저씨, 어데 가우?"

"응, 멀리루 간다."

"언제?"

"기차 타구?"

"응, 기차 타구…….."

"갔다가 언제 또 오우?"

아저씨는 아무 대답도 없이 서랍에서 예쁜 인형을 하나 꺼내서 내게 주었습니다.

"옥희, 이것 가져, 응. 옥희는 아저씨 가구 나문 아저씨 이내 잊어 버리구 말겠지!"

나는 갑자기 슬퍼졌습니다.

"아니."

하고 얼른 대답하고 인형을 안고 안으로 들어왔습니다.

"엄마, 이것 봐, 아저씨가 이것 나 줬다우. 아저씨가 오늘 기차 타구 먼 데루 간대."

하고 내가 말했으나, 어머니는 대답이 없으십니다.

"엄마, 아저씨 왜 가우?"

"학교 방학했으니깐 가지."

"어디루 가우?"

"아저씨 집으루 가지 어디루 가."

"갔다가 또 오우?"

어머니는 대답이 없으십니다.

"난 아저씨 가는 거 나쁘다."

하고 입을 쫑긋했으나, 어머니는 그 말에 대답 않고,

"옥희야, 벽장에 가서 °달걀42 몇 알 남았나 보아라."

하고 말씀하셨습니다.

---

41 짐을 꾸민다는 것은 결렬된 연정을 나타냄.
42 아저씨에 대한 관심의 매개물이던 달걀 정리를 통해 내적 갈등이 해소됨을 나타냄.

나는 깡충깡충 방 안으로 들어갔습니다. 달걀은 여섯 알이 있었습니다.

"여스 알."

하고 나는 소리쳤습니다.

"응, 다 가지고 이리 나오너라."

어머니는 그 달걀 여섯 알을 다 삶았습니다. 그 삶은 달걀 여섯 알을 손수건에 싸 놓고, 또 반지에 소금을 조금 싸서 한 귀퉁이에 넣었습니다.

_{얇고 흰 종이}

"옥희야, 너 이것 갖다 아저씨 드리고, 가시다가 찻간에서 잡수시랜다구, 응."

결말 아저씨와 어머니의 결별

그 날 오후에 아저씨가 떠나간 다음 나는 방에서 아저씨가 준 인형을 업고 자장자장 잠을 재우고 있었습니다. 어머니가 부엌에서 들어오시더니,

"옥희야, 우리 뒷동산에 바람이나 쐬러 올라갈까?"

하십니다.

"응, 가, 가."

하면서 나는 좋아 덤비었습니다. 잠깐 다녀올 터이니 집을 보고 있으라고 외삼촌에게 이르고, 어머니는 내 손목을 잡고 나섰습니다.

"엄마, 나 저, 아저씨가 준 인형 가지고 가?"

"그러렴."

나는 인형을 안고 어머니 손목을 잡고 뒷동산으로 올라갔습니다.

뒷동산에 올라가면 정거장이 빤히 내려다보입니다.

"엄마, 저 정거장 봐, 기차는 없군."

어머니가 아무 말씀도 없이 가만히 서 계십니다. 사르르 바람이
와서 어머니 모시 치맛자락을 산들산들 흔들어 주었습니다. 그렇게
산 위에 가만히 서 있는 어머니는 다른 때보다도 더 한층 이쁘게 보
였습니다.

저편 산모퉁이에서 °기차⁴³가 나타났습니다.

"아, 저기 기차가 온다."

하고 나는 좋아서 소리쳤습니다. 기차는 정거장에 잠시 머물더니
금시에 삑 하고 소리를 지르면서 움직였습니다.

"기차 떠난다."

하면서 나는 손뼉을 쳤습니다. 기차가 저편 산모퉁이 뒤로 사라
질 때까지, 그리고 그 굴뚝에서 나는 연기가 하늘 위로 모두 흩어져
없어질 때까지, 어머니는 가만히 서서 그것을 바라다보았습니다.

뒷동산에서 내려오자 어머니는 방으로 들어가시더니, 이때까지
뚜껑을 늘 열어 두었던 풍금 뚜껑을 닫으십니다. 그리고는, 거기 쇠
를 채우고 그 위에다가 이전 모양으로 반짇고리를 얹어 놓으십니
다. 그리고는 그 옆에 있는 찬송가를 맥없이 들고 뒤적뒤적하시더
니 빼빼 마른 꽃송이를 그 갈피에서 집어내시더니,

"옥희야, 이것 내다 버려라."

하고 그 마른 꽃을 내게 주었습니다. 그 꽃은 내가 유치원에서 갖

---

43 이루어질 수 없는 사랑의 상징.

옥희와 뒷동산에 올라가 떠나는 기차를 바라보는 어머니의 모습을 통해 아저씨에
대한 어머니의 마음을 짐작할 수 있다.

다가 어머니께 드렸던 그 꽃입니다. 그러자, 옆 대문이 삐걱하더니,

●"달걀 사소."[44]

하고, 매일 오는 달걀 장수 노파가 달걀 광주리를 이고 들어왔습니다.

"인젠 우리 달걀 안 사요. 달걀 먹는 이가 없어요."

하시는 어머니 소리는 맥이 한 푼어치 없었습니다.

나는 어머니의 이 말씀에 놀라서 떼를 좀 써 보려 했으나 석양에 빤히 비치는 어머니의 얼굴을 볼 때 그 용기가 없어지고 말았습니다. 그래서 아저씨가 주신 인형 귀에다가 내 입을 갖다 대고 가만히 속삭이었습니다.

"얘, 우리 엄마가 거짓부리 썩 잘하누나. 내가 달걀 좋아하는 줄을 알문서 생 먹을 사람이 없대누나. 떼를 좀 쓰고 싶다만 저 우리 엄마 얼굴을 좀 봐라. 어쩌문 저리두 새파래졌을까? 아마 어데가 아픈가 부다."

라고요.

후기 아저씨가 떠난 후의 아쉬움

출전 : 『조광』, 1935

---

44 여기 나오는 '풍금', '꽃송이', '달걀'은 갈등이 해소되었음을 나타내는 소재.

작품 줄거리

　홀로 된 어머니와 단둘이 살고 있는 우리 집에 생전에 아버지의 친구였다는 아저씨가 하숙을 하게 된다. 아저씨는 이 동리 학교 선생님으로 온 것이다.

　아버지가 쓰던 사랑에 기거하게 된 아저씨는 '나'와 금방 친해진다. 아버지 없는 '나'로서는 아저씨가 아버지가 되어 주었으면 좋겠다는 생각도 하게 된다. 그래서 어느 날, 아저씨에게 불쑥 그 말을 꺼냈더니 아저씨는 까닭 없이 얼굴을 붉히며 '못쓴다'고 말하는 목소리가 몹시 떨리었다. 또 어머니를 기쁘게 하려고 유치원에서 살짝 뽑아 온 꽃을 아저씨가 갖다 주라고 하였다며 어머니에게 주었을 때 어머니도 얼굴이 빨개진다.

　어느 날 밤, 어머니는 달빛 속에서 아버지의 옷을 장롱 속에서 꺼내 본다. 아저씨나 어머니는 '나'로서는 잘 알 수 없으나 모두 깊은 시름에 빠져 있는 듯하다. 어머니가 종이가 든 아저씨 손수건을 '나'를 통하여 전한 며칠 뒤, 아저씨는 예쁜 인형을 '나'에게 주고 영영 집을 떠나 버린다. 어머니는 '나'의 손을 잡고 뒷동산으로 올라가 아저씨가 탔을 기차를 멀리 바라본다. 어머니가 가끔 치시던 풍금 뚜껑은 다시 닫히고, 찬송가 책갈피에 끼워 있던 마른 꽃송이도 버려진다. 매일 사던 달걀도 사지 않게 된다.

작가 파일

주요섭 1902~1972

평안남도 평양에서 목사의 아들로 태어났다. 1918년 일본으로 유학 갔다가 1919년 3 · 1운동이 일어나자 귀국하여 지하신문을 발간하다 체포되어 10개월 간 옥살이를 했다. 초기에는 주로 하층 계급의 삶을 다루어 *신경향파적인 작품을 썼으나, 이후 인간의 내면세계를 통해 인간의 아름다움과 슬픔을 그리는 *휴머니즘 계열의 작품을 썼다. 주요 작품에 「사랑손님과 어머니」, 「아네모네의 마담」, 「인력거꾼」 등이 있다.

〈사랑방 손님과 어머니〉 영화 포스터

*신경향파 우리나라에서 1920년대 나타난 목적의식적 문학의 한 갈래. 신경향파 작가들(박영희, 최서해, 김기진 등)은 소작농, 농민, 빈민 등을 소설의 주체로 내세워 다룸.

*휴머니즘 모든 인류의 공존과 복지를 실현하려는 사상.

독후 활동

1 이 소설은 어린 딸 '옥희'를 관찰자로 삼고 있다. 글의 화자가 여섯 살 난 소녀이기 때문에 가질 수 있는 장점과 단점에 대해 말해 보자.

2 다음 글은 「사랑손님과 어머니」가 쓰여진 때와 같은 시기(1933년)에 있었던 실제 연애담이다. 연애담의 주인공들은 당시 사회의 인습을 거부하고 죽음으로써 자신의 사랑을 이루려 한다. 이 글을 「사랑손님과 어머니」에 나오는 '어머니'와 견주어 읽어 보자.

> 이애리수(李愛利秀)는 한 시대를 풍미했던 미인이다. 그녀는 김도산(金陶山)의 신극좌 문대에서 소녀 배우로 인기를 끌다가 취성좌, 연극시장, 태양극장 등의 배우를 했고 빅터 레코드의 전속 가수로 활약했다. 그녀는 심영(沈影)의 소개로 알게 된 연희 전문 상과 학생 배×필과 정분이 깊어졌다. 그런데 배의 집안에서 말이 많았다.
>
> "그 따위 극단에나 따라다니는 여자를 어쩔 셈이냐!"
>
> 이렇게 말하면서 족보에서 빼겠다고 위협하니 배×필의 심중은 복잡했다.
>
> 하지만 이때 배×필과 이애리수는 남이 아니었다. 몇 달 동안 봉익동 애리수의 집에서 밤을 보내던 배는 결혼할 희망이 없어지자 세상이 싫어졌다. 그리하여 배가 애리수에게 정사(情死, 사랑하는 남녀가 사랑을 이루지 못하여 함께 죽음)할 것을 호소

하자 애리수는 이에 동의한다. 그리곤 칼모찡을 먹고 면도날로 동맥을 끊고서 나란히 누워 버렸다. 수상한 기척을 눈치 챈 애리수의 어머니가 방문을 열었을 때는 이미 방안은 아수라장이었다. 사랑을 기록한 일기장은 갈기갈기 찢어진 채 낙화처럼 흩어졌고, 그 위에는 빨간 액체(피)가 뿌려졌다. 부모는 허둥지둥 둘을 대학병원으로 실어가 입원시켰다.

한동안 위급한 상태가 계속되었다. 잠깐 의식을 회복한 배×필이 지필(紙筆, 종이와 붓)을 청했다.

"그리운 이여, 미안하외다. 나는 편히 누워 있습니다. 당신한테는 오늘밤 아니면 내일 세상 없어도 만나러 가오리다. 그럼 안녕히."

다행히 이 편지를 저승 아닌 이승에서 이애리수가 받아보았다. 사람들은 그 둘의 사랑을 축복해 주었다.

* 이애리수는 실제 여가수로「황성옛터」라는 유명한 노래를 남겼다.

---

3 인습에 순종하는 소설 속의 어머니나 문제 해결을 위해 '자살'이라는 극단적 방법을 선택한 위 제시문 속의 주인공 모두 문제해결을 위해 올바른 방법을 선택했다고 보기 어렵다는 지적이 있다. 그렇다면 소설에서 '어머니'가 취할 수 있는 방법에 무엇이 있을지 말해 보자.